中公文庫

うぽっぽ同心十手綴り

坂岡　真

JN004001

中央公論新社

目次

いれぼくろ

一

文化《ぶんか》元年夏、土用の終わり。

渇いた町に一服の涼をもたらす夕立が去り、空はからりと晴れあがった。

芝居町《しばいまち》の喧噪《けんそう》を背にした葺屋町《ふきやちょう》の裏長屋、軒からは雨の雫《しずく》が落ちている。

「せっかくの土用干しが台無しだよ」

姉さんかぶりの女房が愚痴をこぼし、濡《ぬ》れた一張羅《いっちょうら》をまた干しにかかる。

掃きだめに鶴とまではいかないが、横顔に憂いのある見目の麗しい女だ。

見惚《みと》れていると、隣部屋に住むおかちめんこが親しげに声を掛けてきた。

「あら、うぽっぽの旦那」

「ん、おせいか、調子はどうだ」

長尾勘兵衛《ながおかんべえ》は気さくに応じ、にっこり微笑《ほほえ》んだ。

体格は小太りだが、縞《しま》の着流しに黒の絽羽織《ろばおり》がよく似合う。

切れ長の眸子《まなこ》は涼しげで、眉間《みけん》には「地紋《ぢもん》」と称する黒子《ほくろ》があった。

筮竹《ぜいちく》占いの易者によれば、大器晩成の相らしい。

真偽のほどはともかく、易者には観相代をはずんでやった。

もっとも、顔で損をした記憶はひとつもない。

福々しい頬に笑みを湛えた顔は、どんな相手も和《なご》ませてきた。

長屋の嬶《かか》ァどもにも評判は良く「まるで微笑仏《みしょうぶつ》のようだねえ」と、そんなふうに言ってくれるものまであった。相手が嬶ァでも、褒められれば嬉しくないはずはない。

おせいはいそいそと足をはこび、声をひそめた。

「それがね、旦那、愛想もこそもない女が越してきたんですよう。亭主《ていし》は腕の良い屋根葺《やねふ》き職人だってんだけど」

「さっきの若女房だな」

「若女房じゃござんせん、三十路《みそじ》の大年増ですう」

「そうはみえなかったがのう」

「ありゃ岡場所にいた女だね」

「なぜわかる」

「ひと目でわかりますよう」

おせいにかかれば、見目の良い女房はみな、岡場所の女にされてしまう。

「ちがうかい」

「あれれ、女の肩をもつんですかあ」

「名も知らぬ女の肩をもってどうする」

「おくみっていうんですよう」

お喋《しゃべ》り女のおせいによれば、屋根葺き職人の亭主は女房おもいと評判の男で、腕にいれぼくろまで彫っているらしい。

「いれぼくろか」

「うちの亭主にだって、ありますよう」

「どうせ、萎《しな》びておるのだろうが」

「よくご存じで、うひひひ」

おせいは鉄漿《おはぐろ》を剝《む》いて不気味に笑い、狭苦しい部屋へもどっていった。

勘兵衛は雨宿りの軒下を逃れ、露地の抜け裏から河岸《かし》へ出た。

親父橋《おやじばし》を渡って魚河岸をひとまわりし、小網町《こあみちょう》一丁目から思案橋へむかう。

日本橋川は滔々《とうとう》と流れ、土手を吹きぬける川風がじつに心地よい。

勘兵衛は閂《かんぬき》に差した大小の柄《つか》に、左袖をちょんと載せた。

身幅の狭い裾《すそ》を割りながら颯爽《さっそう》と歩むすがたは、年季がはいっているだけあって、さまになっている。

よくみれば鬢《びん》に白いものがまじり、目尻の皺《しわ》も深い。

年齢は五十二、南町奉行所の定廻《じょうまわ》りを三十年ちかくも勤め、今春から臨時廻りに転身した。

転身しても、何が変わったというわけではない。

平常《ふだん》は大番屋に詰めているが、請われれば、町々の自身番から自身番へ、橋詰めの広小《ひろこう》路《じ》から寺社境内の盛り場へ、貧乏長屋の露地裏から露地裏へ、てくてくとひたすら歩きまわるのが廻り同心の仕事だった。若い定廻りに意見を請われる機会は増えたものの、見廻りの時間が減ったわけではない。

ふと、みやれば、路傍の薊《あざみ》が薄紅色の花を咲かせている。

手折ろうと手を伸ばしかけ、勘兵衛はためらった。

「静《しず》」

裏長屋でみた女房の横顔が忘れられない。

どことなく、失踪した妻の顔に似ていた。

失踪は二十年前の出来事だが、未《いま》だに、静という妻の面影を引きずっている。

「いれぼくろか」

むかし、静と手を繋《つな》いで土手を散策したことがあった。

あのときの感触を探るかのように、勘兵衛は右手の甲をさすってみた。


思案橋を渡りきると、顔馴染《かおなじ》みの若い棒手振《ぼてふ》りが駈《か》けてきた。

「旦那、うぽっぽの旦那」

「おう、新太《しんた》か」

「夕鯵《ゆうあじ》でもいかがです」

「ん」

天秤棒にぶらさがる籠《かご》のなかで、鯵どもがぴしゃぴしゃ音を起《た》てている。

勘兵衛は、にっと笑った。

陽に焼けた顔に皓《しろ》い歯が目立つ。

「活きがよさそうだな」

「そりゃもう」

「刺身を蓼酢《たでず》で食うか、ほかほかの白米にのっけて」

「へへ、そいつが世の中でいっとう美味《うめ》えんですよ」

「よし、綾乃《あやの》に届けておけ、表ではなく裏へまわるのだぞ」

「へい、まいどあり」

廻り同心を仰せつかって以来、華々しい手柄をあげたことは一度もない。

同僚や後輩たち、ときには上役にまで請われ、手柄はすべて譲ってきた。

気が優しいのか、人が良すぎるのか、野心の欠片《かけら》もない男なのだ。

雨が降ろうと槍が降ろうと、ただひたすら町じゅうを歩きまわる。

歩くことしか能のない廻り方についた綽名《あだな》が「うぽっぽ」だった。

うぽっぽとは、暢気《のんき》者、うっかり者、浮かれて遊びあるく者などをさし、本来はあまり良い意味で使われない。

おせいや新太のように親しみを籠《こ》めて呼ぶものは稀《まれ》で、底意地の悪い上役などは新米にむかって「後生楽《ごしょうらく》の能無しめ、うぽっぽのようになっちまうぞ」と、聞こえよがしに怒鳴りつけた。

誰に何を言われようが、まったく気にはならない。

勘兵衛の飄々《ひょうひょう》とした物腰は、年輪をかさねたすえにできあがったものだ。

かといって、物事に無関心ではいられない。

無関心を装いつつも、裏から救いの手を差しのべてやる。

たとい罪を犯した相手でも、情にほだされれば救ってやりたいとおもう。

——人が悪に染まるにゃ、それなりの理由がある。おれはよ、その理由ってのが知りてえのさ。

勘兵衛が酔ったときの口癖だ。

無論、よほどの理由でもないかぎり、慈悲の安売りはできない。

御法度《ごはっと》を破ってまで人を救う以上、後々まで面倒を引きずることはままあった。

それでも、こうとおもったら助けてやる。

ただし、ほかの廻り同心のように、目こぼし料は受けとらぬ。

事情を知った同僚に「痩せ我慢は大敵だよ」と、助言されたこともあった。

たしかに、三十俵二人扶持の薄給では小者ひとり養えぬ。

そんなことはわかっていた。

役目にも支障をきたすので、袖の下は黙認されているのだ。

むしろ、貰わぬほうが奇異に映った。周囲からも胡乱《うろん》な目でみられる。

不浄役人で袖の下を拒むものは、よほどのお人好しか役立たずか、いずれにしろ上司には疎《うと》んじられ、後輩には莫迦《ばか》にされ、同僚には阿呆扱いされかねない。

勘兵衛は、役立たずの阿呆であった。

すくなくとも、南町ではそうみられている。

実際に救われたものでなければ、勘兵衛の高潔さは理解できまい。

が、誰ひとりとして、救われたことを吹聴するものはいなかった。

目立つことの嫌いな廻り同心の性分を、知りつくしているからだ。

路傍に咲く薊のように、つましく秘やかに、それでいてしっかり大地に根を張った生き方がしたい。そんなふうに、勘兵衛はいつも望んでいた。

「夕餉《ゆうげ》が楽しみだな」

西の空を仰げば、筋雲が茜《あかね》に染まっている。

河原では磯鴫《いそしぎ》が忙《せわ》しなく羽を掻《か》いていた。

「鴫立つ沢の秋の夕暮れか」

暦のうえでは立秋もまぢか、ときには西行《さいぎょう》法師のように、気儘《きまま》な旅の空を眺めてみたい気もする。

愛娘の綾乃と父娘水入らず、伊勢《いせ》参りに行くのもよかろう。

「夢だな」

勘兵衛には役目を抛《ほう》りだし、遠出する勇気はまだなかった。

文化元年といえば徳川家斉《いえなり》の将軍在位十八年目、天明《てんめい》の飢饉《ききん》以降、関八州では治安悪化が重大な懸念事となり、幕閣のあいだでは八州廻りの設置が検討されはじめたころだ。江戸府内もずいぶん物騒になったが、治安を担う中核となるべき廻り同心は、南北町奉行所あわせても二十四人にすぎない。

そのうち、南町の臨時廻りは六人しかおらず、欲すればいくらでも役得を享受できた。盆暮れの付けとどけからはじまって、放っておけば何だかんだと日参する得体の知れない連中が増えてくる。これをはねつけるには、よほどの覚悟が必要だった。

勘兵衛は、鎧《よろい》の渡しで舟に乗った。

渡し舟は夕映えの川面を滑り、葭《あし》の群生する対岸へ舳先《みよし》をむけた。

やがて、夕河岸の喧噪は遠ざかり、いつものように船着場で船頭に別れの挨拶《あいさつ》を済ませた。

勘兵衛が足をむけたさきは、南茅場町《みなみかやばちょう》の大番屋である。

大番屋は調べ番屋ともいい、江戸に七箇所ほど置かれている。入牢証文が発行されるまで罪人を留め置く場でもあった。九尺二間《くしゃくにけん》の狭苦しい自身番とは規模がちがい、奥には板壁板敷きで窓のない大部屋までが用意されている。

大番屋には与力がわざわざ出張し、罪人とおぼしきものたちの取りしらべをおこなう。下手人《げしゅにん》を取りちがえたら最後、与力は御役御免となるので、好《い》い加減な取りしらべはできない。

ともあれ、南茅場町の大番屋はいつも人の出入りが頻繁で、同心たちの溜まり場と化している。

勘兵衛にとっても、ここが一日を締めくくる場所であった。

「やあ、おもどりでござるか」

人懐《ひとなつ》こそうな狸顔《たぬきがお》をむけてきたのは、おなじ臨時廻りの山田多聞《やまだたもん》である。大柄で恰幅も良いが、勝ち気な妻にあたまのあがらない入り婿で、勘兵衛とは何となく馬が合う。

「長尾氏《うじ》、本日はどのあたりを流してこられた」

「午前中は浅草から下谷《したや》、上野から谷中をまわり、午後は日暮里から巣鴨、小石川から湯島、それから神田、日本橋、まあそんなところです」

「あいかわらず、精が出ますなあ」

「歩くことだけが取り柄ですから」

「廻り同心はそうでなくてはならぬ、くふふ」

山田は小莫迦にしたように笑い、声をひそめた。

「そういえばさきほど、新参者の定廻りを紹介されましたぞ。末吉鯉四郎《すえよしこいしろう》といいましてな、年は二十四、皐月《さつき》生まれの四男坊ゆえに鯉四郎というのだが、双親《ふたおや》兄弟を亡くし、老いた祖母とふたりで寂しく暮らしておるとか」

「ほう」

「ご興味がおありか、なんなら、縹緻《きりょう》良しの娘御にひとついかがです」

山田は意味ありげに笑った。

じつは数日前、綾乃はまたとない縁談を断った。

相手は古参与力の倅、縁日で綾乃を見掛け、岡惚れしたのだという。

片づいてくれるだけでも儲けもの、相手は将来の与力である。とりたてて性悪な人物にもみえなかった。

にもかかわらず、綾乃は嫁にいかぬと言いだした。

理由を問うても、はっきりとした応えは返ってこない。

苦しまぎれに身分のちがいをもちだし、勘兵衛は断腸のおもいで縁談を断った。

見合いまでやったあとだったので、仲人役の門倉角左衛門《かどくらかくざえもん》という吟味方《ぎんみかた》与力の面目は丸《まる》潰《つぶ》れ、勘兵衛は関係各所へ出向き、米搗《こめつ》き飛蝗《ばった》のように謝ってまわらねばならなかった。

山田はそのあたりの経緯《いきさつ》を知ったうえで、勘兵衛をからかったのだ。

「長尾氏、娘御はおいくつになられた」

「二十二にござる。山田どののところも、たしか娘御がおられましたな」

「ふたりとも二十歳《はたち》を過ぎおった。ご存じのとおり、拙者は婿養子、姑《しゅうとめ》もふくめて家のなかは女ばかりで肩身が狭い。いっそ家をおん出てやろうかと、考えてしまうこともたびたびだが、生来の小心者ゆえ踏んぎりがつかぬ」

「なるほど」

「ま、それはともかく、いかに可愛い娘とは申せ、父が娘を囲い者同然にしてはなりませぬぞ……あはは、冗談はさておき、その末吉鯉四郎なるもの、剣は小野派一刀流の免許皆伝とかで、なにやらとっつきにくい若僧でしてな。人相風体から推せば猪突猛進《ちょとつもうしん》のきらいがあるやに見受けました。浅薄な正義を振りかざし、身を滅ぼす手合いやもしれぬゆえ、長尾氏も心して意見なされたがよかろう」

山田は悪い男ではないが、何かといえば先輩風を吹かせたがる。

と、そこへ、堂々とした体格の定廻りがひょっこり顔を出した。

「噂をすれば影、末吉鯉四郎ですよ」

鼻筋のとおった見栄えのする面つきだ。それでいて、どことなく蔭《かげ》がある。

悪くないというのが、勘兵衛の受けた印象だった。

「山田さま、一大事にございます」

鯉四郎はぎょろ目を剝き、やや掠《かす》れた声で叫びあげる。

「屋根葺き職人が、屋根から落ちて大怪我をいたしました」

「騒ぐでない。猿も木から落ちる、弘法《こうぼう》も筆の誤りというてな、屋根葺き職人が屋根から落ちても一大事とはいわぬ」

「されど、職人は血達磨《ちだるま》と化し、そのうえ、銅瓦《どうがわら》を抱えておったとか」

「なに」

銅瓦は権威の象徴、奢侈《しゃし》禁止令で「厳に慎むように」と命じられた瓦材にほかならず、風紀の模範たるべき役人ならば、とりわけ銅瓦葺きは慎むべき行為のひとつであった。

「末吉、屋根の持ち主は誰じゃ」

「は、年番方《ねんばんかた》与力の小此木《おこのぎ》監物《けんもつ》さまにございます」

「なにっ、小此木さまが銅瓦を葺かせたと、まことであればそれは一大事じゃな」

山田は何やら嬉しそうに騒ぎたて、そわそわしはじめた。

鯉四郎は青々と剃《そ》った月代《さかやき》に、大粒の汗を浮かべている。

「末吉、事の真偽を糺《ただ》さねばなるまい。その職人、何処《どこ》へ担ぎこまれた」

「は、井上仁徳《いのうえにんとく》なる金瘡医《きんそうい》のもとへ」

「仁徳といえば」

山田は横に控える勘兵衛の顔をみた。

「たしか、長尾氏の店子《たなこ》でござったな」

「いかにも」

口の悪い藪《やぶ》医者である。

「長尾氏、一刻もはやく帰宅なされたがよかろう。ついでに、銅瓦の件を職人に糺してみなされ」

「されば、失礼つかまつる」

鯉四郎が横合いから、桃割れた顎《あご》を突きだした。

「長尾さま、同道させてください」

勘兵衛は返事もせず、にこりともしない。

勝手に従《つ》いてこいと、言わんばかりに背をむけた。

二

八丁堀のまんなかを、縦に縫うように堀川が流れている。

中途で川の屈折するあたりには、地蔵橋が架かっていた。

川柳にも「恐ろしい鬼の近所に地蔵橋」などと詠《うた》われる界隈に、勘兵衛の同心屋敷はあった。

百坪足らずの平屋は満天星《どうだん》の垣根に囲まれ、木戸門のほかに誰でも気ままに出入りできる簀戸門《すどもん》がある。風通しが良いので、こぢんまりとした中庭には、野良猫どもでさえよく顔をみせた。

たいていの同心は、表店を医者か儒者か絵師に貸している。

ただし、金瘡医に貸すものは滅多にいない。

担ぎこまれた怪我人は騒がしいうえに、部屋じゅう血だらけになる。良いことはひとつもないからだ。

が、仁徳は親の代から住みついているので、追いだすわけにもいかない。

開けはなたれた木戸門の向こうからは、怪我人の悲鳴と金瘡医の怒声が聞こえてきた。

「大の男がぴいぴい喚《わめ》くんじゃねえ」

「そうはいっても仁徳先生、この野郎は顔と手足を五十針も縫ったんですぜ、ほら、瞼《まぶた》なんぞもこんなに腫《は》れちまって、みられた面じゃねえな、こりゃ」

「だから何だ、命に別状はあんめえ」

「けっ、頑固爺にゃかなわねえや」

「あんだと、もういっぺん言ってみろい」

仁徳に窘《たしな》められているのは「すっぽん」の異名をもつ岡っ引きの銀次《ぎんじ》だ。十手持ちとしては脂の乗った五十男で、勘兵衛の気質に惚れこんだ数少ない者のひとりである。

御用向きのことから庭の手入れまで、頼みもしないのに何でもやってくれる。女房に銭湯をやらせているので金には困っておらず、小遣いを受けとった例《ため》しがない。

勘兵衛が鯉四郎をともなって踏みこむと、白髪頭を血で染めた仁徳が振りむいた。

「うぽっぽか、のんびり帰《けえ》ってきやがったな。そっちの木偶《でく》の坊は何者でえ」

鬼の形相で睨《にら》まれ、鯉四郎はどぎまぎした。

勘兵衛は仕方なく、紹介してやった。

「末吉鯉四郎、定廻りですよ」

「ふん、南町の新入りか」

口の悪さは天下一品だが、所見には定評がある。

仁徳はただの金瘡医ではなく、三十数年来、斬殺死体や水死体の検屍に関わってきた。南北町奉行所のお偉方に知りあいも多い。そのせいか、不浄役人などは屁《へ》ともおもっていなかった。

齢は聞いたこともないが、還暦を超えていることはたしかだ。

家族はおらず、飯炊きと助手を兼ねた老婆が、毎日、霊巌島《れいがんじま》から通ってくる。

「今日はあいにく、およね婆がいねえ、綾乃の手を借りたぜ」

割烹《かつぽう》着《ぎ》姿の綾乃が針と糸を掲げ、仁徳の脇でにっこり微笑んだ。

「父上、お帰りなされませ」

「ん、怪我人の具合はどうだ」

戸板のうえに寝かせられた職人は手足を縛られ、じっと痛みに耐えている。

縫い目の粗い頬の傷は、綾乃が縫ったものだろう。

およね婆がいないときは、いつもこうして助手をつとめる。

特別なことではない。物心ついたときから、総白髪に鯰髭《なまずひげ》の仁徳は家にいた。綾乃にとっては家族も同然なのだ。

家族といえば、勘兵衛はじつの両親を知らない。

養父母に教えられたはなしでは、亀戸《かめいど》天神の鳥居の根元に捨てられていたという。宮司に拾われ、貰われていったさきが、風烈《ふうれつ》廻り同心をつとめる長尾家であった。心優しい同心夫婦は勘兵衛を一人前の男に育てあげ、住む家と働く場所を遺してくれた。

綾乃も、静という母親の顔を知らない。

静は十九、水茶屋の看板娘だった。色白で淑《しと》やかなうえに、芯の強さを感じさせた。

若い勘兵衛はひと目惚れし、所帯をもった翌年には玉のような女の子を授かった。

ところが、綾乃が初めての誕生日を迎えた年の暮れ、静は忽然《こつぜん》とすがたを消したのである。

神隠しであれば、まだあきらめもついていたかもしれぬ。

――すみません。綾乃をお願いします。

という書き置きをみつけ、勘兵衛は愕然《がくぜん》とした。

失踪の理由は判然としない。死に物狂いで捜しつづけてきたが、二十年経った今も生死すらわからず、消息不明のままだ。

おめえにゃ女心ってものがわかっちゃいねえと、仁徳にはいつも窘められる。

静が消えた原因は、役目一途でろくに家へ帰らなかった自分にあるのだろうか。

釈然としないおもいは、今も変わらずに抱きつづけている。

月日の経過とともに、悲しみは薄らぎつつあったが、時折、名状しがたい寂しさが込みあげてきた。

綾乃が縁談を断ったのは、母の失踪と無関係であるはずがない。

夫となる若者を、生涯変わらずに慕いつづける自信がないのだ。

と、そんなふうに、勘兵衛は勝手な想像を膨《ふく》らませていた。

仁徳が消えた。厠《かわや》にでも行ったのだろう。

「旦那、ちょいと聞いてくだせえ」

銀次の声で、勘兵衛はわれにかえった。

「ん、どうした」

「このおっちょこちょい、辰三《たつぞう》と言いやしてね。つい三日前、本所から葺屋町の源五郎《げんごろう》長屋へ引っ越してきたんでさあ」

「源五郎長屋か、おぬしが女房にやらせている福之湯《ふくのゆ》の近くではないか」

「へい、そうなんで。おしまの般若顔《はんにゃがお》がみえるようでさ、近所にとんだ疫病神が引っ越してきちまったと、吼《ほ》えまくるにきまってる」

「だったら、女房の口に藁《わら》でも詰めて塞いでおけ。越して早々に妙な噂を起てられたら、たまったものではあるまい、のう、辰三」

戸板に縛りつけられた男に水をむけると、男の双眸から涙が溢《あふ》れてきた。

「あれ、こいつ泣いていやがる」

銀次に腹を突っつかれ、辰三は悲鳴をあげた。

「うげっ、い、痛え」

勘兵衛が歩みより、うえから顔を覗きこむ。

「おぬし、もう喋ることができるのか」

「へ、へい」

「年はいくつだ」

「四十二です」

「本厄か、そいつは災難だったな。だが、不幸中の幸いかもしれぬ、屋根から落ちてあの世へ逝《い》った盗人を、わしは何人も知っておる」

「はあ」

「それにしても、腕の良い屋根葺き職人のおぬしが、どうしてまた屋根瓦なんぞで足を滑らせたのだ」

「急に夕立が降ってきやがったもんで」

「足許が滑りやすくなっていたというわけか。それだけが原因ではあるまい。おぬし、銅瓦を張っておったのだろう」

「と、とんでもねえ」

「ちがうというのか……ふふ、どうやら、嘘の吐《つ》けぬ男らしい、顔をみればすぐにわかるぞ。小此木さまに念押しされたな、余計なことは喋るなと」

「か、堪忍してくだせえ」

辰三は首筋に力を入れ、口をへの字に曲げた。

縫ったばかりの傷痕が、痛々しいほどに腫れている。

「まあ落ちつけ、ゆっくり喋ってみろ」

「へ、へい」

辰三は、ぼそぼそ喋りはじめた。

聞けば、銅瓦を張っていたのではなく、剝《は》がしていたのだという。

要領を得ない説明から推すと、年番方与力の小此木はいったん銅瓦を張らせたものの、奉行に叱責されて剝がすことにした。

「それが真相らしいな」

勘兵衛に水をむけられ、鯉四郎は頷《うなず》いた。

「山田さまが期待なされるほど、大袈裟《おおげさ》なことにはならずに済みそうです」

「ほほう、ようわかっておるではないか」

年番方与力は古参与力のなかでも有能なものが就く重職、奉行所内の諸事万端を差配する権限をもっている。奉行は変わっても、年番方与力は変わらない。三十年近くもおなじ地位に居座りつづければ、自然、驕《おご》りも生じてくる。

銅瓦を張ることのどこが悪いと居直った途端、小此木はすかさず釘を打たれたのだ。

この一件を叱責で済ませたあたりは、奉行のふところの深さであろう。

ともあれ、見栄っ張りな与力に関わったせいで、辰三は不運な目に遭った。

「旦那、屋根葺き職人が屋根から落ちたら洒落《しゃれ》になりやせんや、明日から仕事はこねえでしょう」

「あきらめの早い男だな」

「こうなりゃ、引っ越すしかありやせん」

「おぬし、今までに何度引っ越しをした」

「三度ほど」

「三度も屋根から落ちたのか」

「さいです、お恥ずかしながら」

「妙な男だ」

ふと、勘兵衛は仁徳が縫合した辰三の右腕をみた。

縫い目の盛りあがった皮膚に、短冊のかたちをした刺青《いれずみ》が彫ってある。

「それは」

「へへ、いれぼくろでさあ」

勘兵衛は、短冊のなかに女の名をみつけた。

――おくみ命

とある。

軒下から眺めた土用干しの情景と、どことなく物悲しげな女房の顔が甦ってきた。

いれぼくろがとりもった縁であろうか。

「おくみとは、おぬしの恋女房か」

「へい、おいらにゃ過ぎた女です」

「子は」

「おりやせん」

辰三は長々と溜息を吐いた。

「いっしょになって三年、おいらはどうしても子が欲しい」

戌《いぬ》の日には欠かさず、ふたりで水天宮へ詣でるほど望んでいるという。

何かの祟《たた》りのせいかもしれないとおもい、憑《つ》き物落としやら何やら、考えつくものは何でも験してみた。

それでも、いっこうに子はできず、仕事にも身がはいらない。

屋根で足を滑らせたのも、上の空であれこれ考え事をしていたからだと、辰三は苦しげに告白する。

「おくみは町屋の娘かい」

「いいえ……」

辰三は言いよどんだ。

「……岡場所で身を売っておりやした」

ぽつりと吐き、遠い目をしてみせる。

綾乃は目を伏せ、銀次は顎を撫《な》でた。

鯉四郎は壁を睨んでいる。

勘兵衛は構わず、たたみかける。

「おぬしが請けだしたのか」

「へえ」

辰三は根津門前町の水茶屋に通いつめ、惚れぬいた女を請けだした。

半人前の時分からこつこつ貯めた金を、一銭のこらず叩《はた》いたのだという。

「てえした額じゃござんせん。おくみはそんとき二十七、年季明けも間近だったもんで。へへ、おいらはおくみのむかしを知らねえんですよ。ぜんぶ水に流していっしょになろう、そう、約束しちまったもんだから」

「聞きたいのは山々だが、恐くて聞けぬというわけか」

「聞いちまったら、逃げられるんじゃねえか。ある日突然、目のまえから消えちまうんじゃねえか。それをおもうと、夜もおちおち眠れねえんですよ」

勘兵衛は静のことをおもい、急に悲しくなった。

綾乃が知らぬ間に近寄り、そっと袖を引く。

これ以上の問いかけは、無駄であろう。たとい、おくみに忌まわしい事情があったとしても、不浄役人が首を突っこむことではない。

こざっぱりした顔の仁徳が、厠からもどってきた。

「さあて、うぽっぽ、そのくれえにしといてやれ」

「はあ」

勘兵衛は、項垂《うなだ》れた辰三から目を背けた。

「よし、銀次、ひとっ走りたのむ」

「合点でさ、すぐに女房を呼んできやす」

銀次が消えると、仁徳は白い鯰髭をしごきながら鯉四郎を眺めた。

「さっきから、どうも気になってしょうがねえ。新入り、おめえのことだ」

「わたしが何か」

「綾乃をみるおめえの目、ちと尋常じゃねえぞ」

「何を仰《おっしゃ》います」

「惚《ほ》れたのか」

「と、とんでもない」

「顔が赤《あこ》うなったな。いいか、よう聞け、おれはこの娘が産まれたときから知っておる。この手でむつきも換えてやった。顔に小便をしっかけられたこともある」

「先生、やめてください」

綾乃は真っ赤な顔で叫び、小走りで奥へ引っこんだ。

唖然《あぜん》と見送る鯉四郎の横顔を、勘兵衛が睨みつける。

「ぶひょひょ」

仁徳は鯰髭を震わせ、さも愉快そうに笑ってみせた。

「うぽっぽ、でえじな娘に変な虫がつかねえように、せいぜい気をつけるこった」

すかさず、鯉四郎が気色《けしき》ばんだ。

「変な虫とは、わたしのことでしょうか」

仁徳は歯牙《しが》にもかけない。

「気を悪くするな。誰かに斬られたらすぐに来い、おれが縫ってやる」

平気で波風を起てておきながら、さして気にする素振りもみせない。

無遠慮で豪放磊落《ごうほうらいらく》な仁徳の性分が、勘兵衛は心底から羨《うらや》ましかった。

気づいてみれば、外は薄暗くなっている。

棒手振りの新太が、騒々しくあらわれた。

「旦那、遅くなりやした、鯵をおもちしやしたぜ」

裏へまわれと言ってあるのに、いつも表からやってくる。

「ほほう」

案の定、仁徳が身を乗りだしてきた。

「新太、美味そうな鯵じゃな」

「へい、そりゃもう」

「うぽっぽ、おれのぶんも買《こ》うておけ」

勘兵衛は仁徳に促され、渋い顔で頷いた。

三

暑い。

町も人も、何もかもが焦げつくされている。

ふと、気づけば、蟬時雨《せみしぐれ》が聞こえていた。

拭《ぬぐ》ったそばから、汗が吹きでてくる。

濃密な異臭が鬱陶《うっとう》しさを煽《あお》りたてた。

根津権現裏門坂の中腹、道から脇に逸れた笹叢《ささむら》のなかに、腐りかけた屍骸《むくろ》はあった。

「それにしてもひでえ臭いだ、鼻が曲がっちまうぜ」

仰向けの屍骸に近づくと、銀蠅《ぎんばえ》がぱっと飛びちった。

「目玉がふたつともねえな、鴉《からす》にでもほじくられたか。ん、刷毛《はけ》先を散らしていやがる。

たばねの髷《まげ》から推すと、こいつあ勇み肌の渡世人かもしれねえ」

銀次は平気な顔で、屍骸の袖を捲《まく》った。

「旦那、これを」

蒼白い右腕の関節に、長さ三寸幅二分の×印が入墨されてある。

「無宿島の水玉人足か」

勘兵衛の指摘に、銀次は頷いた。

無宿島とは、石川島と佃島のあいだに位置する砂州のことだ。

無宿人を更生させるための人足寄場《にんそくよせば》があり、人足どもは腕に×印を入墨され、水玉模様の仕着せを着せられる。

――島抜けは死罪。

という鉄則はあるものの、桶や盥《たらい》や炭団《たどん》をつくれば手間賃は貰えるし、改悛《かいしゅん》の情をみせて真面目に働けば、三年程度で解きはなちになることもある。

「銀次、墨の薄さからして、島暮らしはずいぶんめえだな」

「十年は経っておりやしょう。墨を消さねえのは、悪事から足を洗っていねえ証拠《あかし》ですぜ」

鯉四郎がすこし離れ、ふたりの掛けあいを聞いていた。

耐えがたい臭気にも痩せ我慢をきめこみ、袖で鼻と口を覆いもしない。

周囲には、小者もいれば野次馬もいる。そうした連中に弱みはみせられない、みっともない真似だけはできないという意地があった。

　そんな鯉四郎など気にもかけず、勘兵衛と銀次は屍骸のそばに屈みこんでいる。

「銀次、足許をみろ」

「おっ、草鞋《わらじ》履《ば》きか、するってえとこいつは」

　熟練の岡っ引きが、何かを言いかけた。

　その瞬間、鯉四郎が威勢良く胃袋の中身をぶちまけた。

「うひぇっ、やっちめえやがった」

　小者のひとりが叫ぶ。

　鯉四郎は手で口を押さえ、笹叢の奥へ駈けこんだ。

　勘兵衛は銀次と顔を見合わせ、肩をすくめた。

「誰だって初手はああさ、なあ」

「ほとけの臭いに馴れるまでにゃ、三年は掛かりまさ」

　突如、蝉の声が歇《や》んだ。

　小者たちがしんと静まりかえるなか、横幅のあるがっしりした体軀《たいく》の男が大股で近づいてきた。

　鬼与力の異名をもつ吟味方与力、門倉角左衛門である。

綾乃の縁談で迷惑を掛けた相手だけに、口をひらいた途端、叱りとばされそうな気がした。が、幸いにも、門倉の口調は穏やかだった。

「ほう、お六《ろく》（死人）のそばにうぽっぽか。めずらしいこともあるもんだ」

「偶《たま》さか、この近くを廻っておりましたもので」

「ふうん、そうかい」

門倉は怜悧な眸子《まなこ》に笑みを湛え、ぬっと馬面を差しだした。

「おえっ、臭うてたまらん。おぬしら、ようも平気でいられるのう」

鯉四郎は鬼与力の登場も知らず、笹叢に屈んで嘔吐《おうと》を繰りかえしている。

「そこにもひとりおったか」

門倉は薄く笑った。

外見は仁王のようで口調も突《つ》っ慳貪《けんどん》だが、与力のなかでは唯一、勘兵衛の意見に耳を貸してくれる。しかも、門倉は南町奉行秘蔵の内与力であった。極めて有能なので、吟味方へまわされたのだ。

用人あがりの遣り手だけに、奉行所内では敵も多い。

たとえば、銅瓦を葺きそこねた小此木監物などはその筆頭だった。

いずれにしろ、よほどの重大事でもないかぎり、門倉が直々に出向いてくることはまずない。

「長尾、手口は」

「棍棒《こんぼう》のようなもので脳天を一撃、撲殺にござりますなあ」

「凶器はみつからずか」

「はあ」

「おぬし、どうみる」

「侍ならば刀を使う、撲殺なれば下手人は侍にあらずと考えるのが筋、そこに落とし穴がござります」

「ほほう、どういうことかな」

「尋常ならざる剣の遣い手でなければ、真っ向から脳天を狙い、必殺の一撃をあたえることはできませぬ。撲殺におよんだのは、やはり、侍であることを隠蔽《いんぺい》するための小細工にござりましょう」

「わしの所見とぴたり一致しておるわい」

「と、申されますと」

「おなじ手口で屠《ほふ》られた屍骸が、ほかにふたつあるのよ」

みつけられたさきは品川東海寺裏の笹藪と洲崎の漁師町、品川は朱引外《しゅびきそと》なので勘兵衛の耳にはいってこなかったのだ。

門倉によれば、身許不明の屍骸にはいくつかの類似がみられるという。

ひとつは三人とも三十前後の半端者であること、ひとつは三日以内に撲殺されていること、さらに、水玉人足の入墨が右腕に見受けられること、そして、もっとも重要な点は草鞋を履いていることであった。

「こやつも草鞋を履いておるな」

「いかにも」

「門倉さま」

と、銀次が横から口を挟んだ。

「その三人、江戸払いになった連中にちがいありやせん」

「なるほど、江戸十里四方払いか」

「へい」

江戸十里四方の範囲は、東は千葉の手前、北は岩槻、南は保土ヶ谷の手前である。追放刑には抜け道があり、罪人が逐《お》われた土地へすがたをあらわしても、草鞋を履いた旅姿ならば咎《とが》めだてはできなかった。

「さすがはすっぽんの銀次、そこまでは気づかなんだわ」

「おそらく、三人は繋がっておりやす。悪さをして江戸払いになり、ほとぼりをさまして舞いもどってきやがったんだ。品川、根津とくりゃ岡場所、おおかた、殺《や》られた連中がそれぞれに馴染んだ女でもあったのでやしょう」

「下手人は女の居所を知ったうえで、獲物を待ちかまえていた。そういうことか」

「ま、そうなりやすね」

遺恨か、金に絡んだ揉め事か、いずれにしろ、下手人は顔見知りの公算が大きい。

「ところで門倉さま、何でまたこの一件に」

与力みずから首を突っこむのかと、銀次は調子に乗って訊《き》いた。

「そいつは上のご意向さ」

「上っていうと、御奉行さまですかい」

「ほかに誰がおる」

「へ」

「ともかく、三人の身許を割りださねばなるまい。身許さえわかれば、このものたちが犯した罪も炙《あぶ》りだされてこよう。糸口はそこにある。長尾、そうはおもわぬか」

「仰せのとおりにござります」

勘兵衛が点頭したところへ、蒼い顔の鯉四郎がゆらりとあらわれた。

不運な若者は門倉に気づき、心ノ臓が停まったような顔をする。

「し、失礼いたしました」

「おう、すっきりしたか」

「も、申し訳ございませぬ」

「気にいたすな。屍骸に馴れるのも廻り方の役目じゃ」

「は」

「末吉鯉四郎、おぬしの噂は聞いておるぞ。酒が一滴も呑めぬゆえ、宴席をことごとく断っておるらしいのう。わしはそうした手合いを好きになれぬ。下戸《げこ》であっても呑めるふりをするのが処世術、それくらいの付きあいができぬようではの」

「はい」

「ちょうどよい。こたびの一件、おぬしが探索の陣頭指揮を執《と》れ」

「え」

「酒が呑めぬうえに役目も果たせぬとなれば、即刻、書役《かきやく》にまわしてくれよう。これは試練じゃ、わかったな、手柄を立ててみせよ」

「かっ、かしこまりました」

鯉四郎は声をひっくりかえし、深々とこうべを垂れる。

その隙に乗じ、門倉は勘兵衛に目配せを送った。

新参者の面倒をみてやれと、目顔で命じてくる。

出来の悪い子に手習いを教えるようなものだが、鬼与力の命令ならば致し方ない。

勘兵衛は軽く顎を引いた。

一方、鯉四郎は力みかえっている。

「不肖末吉鯉四郎、かならずや、下手人を捕まえてみせまする」

などと、直立不動で大声を張りあげた。

「ふむ、心して懸かれい」

門倉は重々しく発し、眸子をほそめる。

鯉四郎の顔はいつのまにか、皐月晴れの空のように晴れわたっていた。

四

水無月《みなづき》の終わりには神社へ足をはこび、鳥居にぶらさがった茅《ち》の輪《わ》をくぐる。

夏の温気《うんき》とともに穢《けが》れを祓《はら》い、邪神の怒りを鎮めるのだ。

勘兵衛も綾乃をともない、夏越《なごし》の祓いを済ませた。

が、いっこうに温気は去らず、蒸し暑い夜はつづいている。

　新川河岸の「浮瀬《うかむせ》」で冷酒を呷《あお》れば、大川のほうから賑《にぎ》やかな鉦《かね》や太鼓の音色、念仏の唱和までが海鳴りのように聞こえてくる。

「おふう、あれは」

「本所羅漢寺の施餓鬼船《せがきぶね》ですよ」

「施餓鬼船か、そういやもう文月《ふづき》だな」

「あらいやだ、暦をお忘れになったの。さ、旦那、もう一杯」

「お、すまぬ」

　勘兵衛は鼻のしたを伸ばしながら、ぐい呑みを差しだした。

　女将《おかみ》のおふうは袂《たもと》を押さえ、細長く白い手で徳利をかたむける。

「旦那はね、ちょいとお忙しすぎるんですよ」

「そうみえるかい」

「ええ、ここ数日はことに張りきっておいでのご様子」

「ふふ、わかるか」

　すこし酒がまわったせいか、勘兵衛は浮かれた気分になった。

　冷酒をくっと呷り、駄々っ子のように酌をねだる。

「おやおや、何だかいつもの旦那じゃないみたい」

おふうは渋皮《しぶかわ》の剝けた良い女だ。

年は三十路のなかば、色白でふっくらしており、長い睫毛《まつげ》を瞬《しばたた》く様子に何ともいえない色気があった。

客は常連ばかりで、みな、おふうの顔見たさに通ってくる。

勘兵衛もそうであった。

銭湯帰りのこざっぱりした顔で、三日にあげずに足をむける。

五年前、おふうは亭主に死なれ、いちどは居酒屋をたたもうとした。ところが、常連たちの後押しでつづけることに決め、女の細腕一本で店を切り盛りしている。

店をつづけると決めたとき、おふうは「長次《ちょうじ》」という亭主の名でやっていた店の名を心機一転、変えたいとおもった。

居合わせた勘兵衛は座右の銘を聞かれ、酔った勢いで「身を捨ててこそ浮《うか》む瀬《せ》もあれ」と口走った。一身を擲《なげう》つ覚悟がなければ何事も成就しない、そんな同心魂を披露したところ、おふうの琴線に触れた。

うかむせとは、七合五勺ぶんの酒で盈《み》たした大杯のことでもある。大杯は鮑《あわび》や法螺貝《ほらがい》の殻でつくる。いかにも居酒屋の名に相応《ふさわ》しいので、新しい店は「浮瀬」になった。

勘兵衛は「浮瀬」の名付け親、店にとっては特別な客なのだ。

おふうは悲しいときは泣き、腹の立ったときは真剣に怒る。可愛い仕種で甘えるかとおもえば、ぷいとそっぽをむく。気まぐれな風のように、客のあいだを吹きぬける。

みな、憂き世を忘れたいがために「浮瀬」の縄暖簾《なわのれん》をくぐる。

身分や肩書きを気にするものは、誰ひとりとしていない。

居丈高に威張り散らす侍、泥酔して管を巻く阿呆、意味もなく喧嘩を吹っかけようとする大馬鹿者、そうした輩はすぐに摘《つま》みだされてしまう。

誰もが、おふうの注いだ酒を呑み、ほどほどに酔ったところで家路をたどる。

勘兵衛の隠れ家でもある「浮瀬」とは、そうした店だ。

ところが、ごく稀に、岡っ引きの銀次が顔を出す。

おふうは銀次をみると、いつも渋い顔をつくった。御用向きのはなしがほとんどだからだ。

今宵も「浮瀬」は、ほどほどに繁盛している。

施餓鬼船の念仏が途切れたころ、肩を怒らせた銀次が縄暖簾を振りわけて入ってきた。

「あら親分さん、すっかりお見限りでしたねえ」

おふうは皮肉を洩らし、ぷいっと横をむいてしまう。

勘兵衛はたちまち不機嫌になり、残り酒を手酌で注いだ。

「へへ、おふうの店に来てみりゃ、旦那の膨れ面を拝むことができる。そいつを肴《さかな》に呑むのも一興」

銀次は隣に座り、とんと出された冷酒を置き注ぎで呑みはじめた。

「まずは駆けつけ三杯、と」

美味そうに咽喉《のど》を鳴らし、ぷふうっと臭い息を吐きだすや、いきなり核心にはいる。

「旦那、品川の東海寺裏で殺られたほとけ、身許が割れやしたぜ」

「お、そうか」

「手懸かりは印籠《いんろう》でやす」

「印籠」

「金箔張りの高価な品で、丸に十字の家紋がへえっておりやしてね」

「薩摩《さつま》か、島津のお殿さまのお宝かい」

「いいえ、御下賜のお品で。高輪に薩摩屋敷がありやすでしょ、そこの中間《ちゅうげん》部屋を仕切る若党が印籠の持ち主でやした」

盗まれたのは五日前、盗んだ相手の見当はついており、銀次が撲殺された男の特徴をはなすと、若党は「まちがいない」と膝を打った。

「ほとけの名は丑五郎《うしごろう》、高輪や品川辺の武家屋敷に出入りする折助《おりすけ》でやした」

「殺された連中は折助仲間か」

三人は無宿島で知りあい、娑婆《しゃば》へもどってからは中間部屋を転々とする折助になった。線香の火で×印の入墨を消さなかったのは、呑む打つ買うの三道楽煩悩《さんどらぼんのう》から逃れられない証左であろうと、勘兵衛は読んだ。

銀次がつづける。

「芝露月町《ろげつちょう》の千束屋《ちづかや》を当たってみやした」

「口入屋だな」

「へい、千束屋の手配師が丑五郎のことをおぼえておりやしてね、連《つる》んでた仲間は三人いたっていうんです」

「全部で四人か」

「そうなんで。四人とも右腕に×印の入墨があった。ただ、手配師が顔と名をおぼえていたのは丑五郎をのぞけばひとりだけ」

「そいつの名は」

「巳吉《みきち》、藪睨みの異名どおり、目つきの悪い三十男とか」

「藪睨みの巳吉、どこかで聞いた名だな」

勘兵衛は遠い記憶を探った。物覚えは悪いほうではないが、記憶のなかにある膨大な罪人の顔と名は、そう簡単に一致するものではない。

「ほかのほとけは、巳吉じゃありやせんぜ」

「なぜわかる」

「巳吉だけは左腕に別の刺青を彫っておりやした」

「ほう」

「旦那、どんな刺青だとおもいます」

「さあな」

「いれぼくろなんですよ」

短冊のなかに、女の名が彫ってあったという。

「まさか」

「へへ、あっしもちょびっと期待しやしたぜ、ひょっとして女の名は、おくみじゃねえかってね」

「ちがうのか」

「手配師によりゃ、おぬい命と読めたそうです」

「おぬいか」

つぶやきつつも、勘兵衛は辰三の恋女房をおもいだしていた。

銀次もどうやら、おくみの顔を浮かべたらしい。

「あっしがいうのもなんですが、ありゃ男を狂わす女だ」

華やかな外見といい、なよやかな物腰といい、貧乏長屋とはそぐわない女だった。

銀次はおなじ町内で女房に銭湯をやらせているので、近所の嬶ァどもの噂も耳にする。

誰の口から洩れたのか、いちどは苦界《くがい》に沈んだ女と知れた途端、おくみと挨拶を交わすものはいなくなった。

「あの夫婦はどこに行っても長屋の連中と馴染めねえ。最後にゃ居辛くなって長屋を逐われるしかなかったんでさあ」

「なるほどな」

「哀れなはなしですぜ」

「なら、おぬしが助けてやれ」

「へ、あっしが」

「近所の誼《よしみ》だ、それくらいの骨を折っても罰は当たるまい」

「男のあっしが首を突っこんでもねえ」

「おしまに意見してやってもよいぞ」

「そいつは助かりやすぜ。旦那に意見されりゃ、てえげえの婆ァどもはころっと性根を入れかえる」

「わしは婆ァ殺しか」

「へへ、さいでやす」

辰三は全身を五十針も縫った晩、恋女房の顔をみるなり「おくみ、おくみ」と情けない声で連呼し、赤子のように泣きじゃくった。

おくみも泣きながら仁徳に礼を繰りかえし、一方では萎《しお》れた辰三の身を気遣った。

「あれだけの鴛鴦《おしどり》夫婦は、まずいねえな」

おもわず、貰い泣きしそうになったと銀次は言い、酒をかぽんと呷ってみせる。

「ま、男の腕に名を彫らせる女は、そうざらにはいねえ。おぬいってのも、きっと良い女なんでしょうよ」

ふたりの男の腕に彫られたふたつの名、なぜか、勘兵衛のあたまのなかでは、おくみとおぬいがぴったりかさなっていた。

「銀次、ちと、おもいだしたことがある」

「何でやしょう」

「八年前のはなしだ」

品川南本宿の街道脇で、大きな旅籠《はたご》の一人娘が数人の男どもに輪姦《まわ》された。

「朱引外の一件だ、おぬしの記憶にはなかろう。わしがおぼえておったのはな、結末があまりに悲惨だったからさ」

愛娘を傷つけられた両親は半狂乱となり、母屋の鴨居に細紐をぶらさげた。

「釣瓶《つるべ》心中だ。夫婦仲良く鮭《しゃけ》になってなあ、四代つづいた老舗の旅籠を潰しちまった。天涯孤独の娘は行方知れずさ」

「旦那、悪党どもはどうなったんです」

品川の宿場を仕切る旅籠仲間の肝煎《きもい》りが、問屋場《といやば》の役人を突きあげた。

下手人をあげてもらわぬことには、どうにも腹の虫がおさまらない。

平常から鼻薬を嗅がせていた役人を嚇《おど》しあげたところ、ほどなくして、折助どもが縄を打たれた。

「しょっぴかれたはいいが、下された沙汰は江戸十里四方払い。それで一件落着さ」

行きずりの娘を手込めにしてもさして重い罪には問われない。たいていは追放刑で済まされる。心に傷を負った娘は、泣き寝入りするしかないのだ。

「詳しく調べてみる値打ちはありそうだな。旦那、あっしに任せてくだせえ」

「いいや、そっちはわしがやる。おぬしはおくみを、それとなく張ってくれ」

「おくみを」

「いれぼくろの繋がりさ、すこしばかり気になるじゃねえか」

「へい、承知しやした」

腕に×印を入墨された折助三人が殺された。四人目の巳吉がまだ生きているとしたら、何らかの理由で仲間を殺しまわったとも考えられる。あるいは、巳吉自身が何者かに命を狙われているのかもしれなかった。

いずれにしろ、巳吉を捜しださねば埒《らち》はあかない。

「ところで銀次、若いのはどうしておる」

「鯉さまですか。ふふ、どう泳いだらよいのかもわからず、暇を託《かこ》っておられやすよ」

「明日は七つ起ちだと、伝えておけ」

「品川までお連れするので」

「詮方あるまい。この一件の主役に抜擢《ばってき》されたのだからな」

「鯉さまに花をもたせるんですかい。へへ、旦那らしいや」

甘い芳香とともに、おふうがもどってきた。

「おふたりさん、おはなしはお済みですか」

「ああ、すまなかったな」

「旦那、旅へお出掛けなら、おむすびをこさえてさしあげますよ」

おふうは小首をかしげ、艶めかしく微笑んだ。

五

朝未《まだ》きに八丁堀を起ち、江戸湾の日の出を眺めながら東海道をのぼった。

卯ノ刻過ぎには品川の歩行《かち》新宿を指呼《しこ》におき、爽《さわ》やかな海風を頬に受けながら、弓なりにつづく海沿いの道を歩んだ。

東涯《とうがい》には朝陽に煌《きら》めく雲がたなびき、遠く海原は凪《な》ぎわたっている。

勘兵衛は黒松林の木陰をみつけ、草鞋で固めた足を止めた。

「腹が減ったな、すこし休んでまいろう」

「は」

汗みずくの鯉四郎が、ほっと息を吐く。

勘兵衛は平常とさして変わらぬ軽装だが、鯉四郎は厚地の打裂《ぶっさき》羽織に裁着袴《たっつけばかま》を着け、深編笠まで手にしている。

鯉四郎のほうが頭ひとつ丈が高いものの、勘兵衛の速歩に従いてくるのがやっとのようで、顎はあがりかけていた。

この程度で息を弾ませているようでは、さきがおもいやられる。

鍛え甲斐があるわいと、勘兵衛はおもった。

「まあ、座れ」

「は」

勘兵衛は打飼《うちがい》いを解き、蓮の葉に包んだ握り飯を取りだした。

「ほれ、おぬしのぶんだ」

「え」

「居酒屋の美人女将が握ってくれた。遠慮いたすな」

「かたじけのうござります」

おふうの握り飯は、梅干し入りのものと味噌を塗った焼きおにぎりである。

「どうだ、美味かろう」

鯉四郎は焼きおにぎりを必死に頬張り、咽喉に詰まらせて白目を剝いた。

「愚か者、水を呑め」

竹筒を差しだすと手に取ってかたむけ、咽喉仏を上下させる。

「落ちついたか」

「は、なんとか」

「そそっかしいやつめ」

勘兵衛はにこりともせずに、梅干し入りの握り飯を頬張った。

酸っぱそうに口を窄《すぼ》め、かりっと沢庵を囓《かじ》り、竹筒の水を流しこむ。

「おふうの店は新川河岸にあってな、下戸のおぬしには馴染まぬところさ」

「はあ」

「わしの綽名は聞いておろう」

「うぽっぽ、ですか」

「さよう、健脚だけが取り柄の毒にも薬にもならぬ男だ」

鯉四郎は返答に窮し、小鼻を膨らませて黙りこむ。

見掛けどおり、嘘の吐けぬ男のようだ。同僚や先輩から、手柄ひとつあげたことのない勘兵衛の噂を吹きこまれてきたのだろう。

「長尾さま、こたびはお誘いいただき、感謝しております」

「感謝されても困る。行きがかり上、詮方なく付きあったまでのことさ」

「はあ」

「銀次にあらましは聞いておろうな」

「はい」

「まずは何処へむかう」

「問屋場です。旧《ふる》い帳面がのこっておるやもしれませぬ」

「ふむ、それから」

「旅籠仲間の肝煎りを当たってみるべきでしょう」

肝煎りの嘆願がなかったら、娘が犯された一件はうやむやにされた。

となれば、真相をもっともよく知る人物と考えてよかろう。

「よし、行くぞ」

ふたりは腰をあげ、ふたたび街道を歩みはじめた。

薩摩藩の広大な下屋敷を通りすぎると、右手奥に御殿山のこんもりとした翠《みどり》が遠望できる。街道筋に旅籠の並ぶ歩行《かち》新宿は三丁目まであり、途中から左手に洲崎の漁師町がみえてきた。

そのさきの北本宿と南本宿は目黒川によって分断され、川を挟んだ北と南では宿賃にかなりのひらきがある。飯盛女の揚代《あげだい》も同様、北の二朱にたいして南はたった五百文で女郎買いができるという。地廻りの連中でさえ、川向こうの飯盛女を莫迦にしていた。

目黒川北岸の広大な寺領は、沢庵和尚の開基になる東海寺であった。

江戸随一と評される禅寺の裏手で、折助の丑五郎は撲殺されたのだ。

もうひとりのほとけは洲崎の漁師町でみつかり、三人目は根津権現の裏門坂で発見された。三人の死が八年前の忌わしい出来事に関わっているとすれば、下手人の輪郭はおのずと浮かびあがってくるにちがいない。

勘兵衛は成果を期待しつつ、歩行新宿から北本宿へ歩をすすめた。

問屋場を訪ねてみると、馬方や軽子たちが忙しなく出入りし、宿役人はろくに挨拶もできない状態だった。それでも来意を告げると、帳面の閲覧を許してもらえた。

旧い冊子が山と積まれた書庫に籠もり、ふたりで手分けして帳面を漁った。

あらかた調べつくすのに午前中いっぱい掛かったが、忌わしい出来事の記録はみつけられなかった。

「なにせ、八年もまえのことですから」

記録が紛失しても致し方ないとでも言いたげに、宿役人は溜息を吐いた。

聞けば、八年前から問屋場に詰めている役人は、ひとりもいないという。

ふたりは釈然としないおもいのまま、帳面の山をかたづけはじめた。

宿場の往還には一日中、腕っぷしの強い留女《とめおんな》たちが彷徨《うろつ》いている。

旅人の腕を搦《から》めとり、背後から首を絞めて荷を奪い、旅籠へ連れこもうとする。連れこまれたら最後、何をされるかわかったものではない。

勘兵衛と鯉四郎は風体ですぐに不浄役人とわかるはずだが、留女たちは構わずに声を掛けてきた。

「ちょいとお江戸のおひと、遊んでおいきなよ、昼は一朱にまけとくからさ」

などと、平気な顔で女郎買いをすすめてくる。

縄張りの外ゆえ十手を抜くわけにもいかず、ふたりは火の粉を振りはらうように先を急いだ。

つぎなる目的地、旅籠仲間の肝煎りが営む「梓屋《あずさや》」は、目黒川に架かる中之橋の手前にあった。

勘兵衛は敷居を跨《また》ぐなり、愛想笑いを浮かべた手代に用向きを伝えた。

ほどなくして、旅籠の主人があらわれた。

まだ若い、四十前後の痩せた男だ。

「手前が梓屋惣太郎《そうたろう》にございます。さ、とりあえずは旅の垢でもお落としくだされ」

すかさず、水を張った盥《たらい》が出てきた。

「いや、気遣いは無用だ」

勘兵衛は鯉四郎を立たせたまま、上がり框《かまち》に腰を降ろす。

「梓屋さんは代々、北本宿の肝煎りをつとめておいでと聞いた。八年前の一件も、おぼえておいでとおもいましてな」

「八年前の一件と申されますと」

「旅籠屋の一人娘が惨《むご》い目に遭《あ》わされた件ですよ」

「ああ」

惣太郎はわずかに動揺し、こほっと咳払いをしてみせた。

「その件なら手前は存じあげません。先代が肝煎りをやっていたころの出来事ですから」

「では、ご先代にお逢いできますかな」

「鬼籍《きせき》に入りました」

「や、それは失敬」

「いいえ、もう七回忌も済ませましたから」

「ほほう、亡くなられたのは六年前ですか」

先代の惣介《そうすけ》は泥酔して川にはまり、溺れ死んだという。

勘兵衛はなにやら、胡散臭いものを感じた。

「ご先代の嘆願が実り、下手人どもは縄を打たれたやに聞きましたが」

「さあ、手前の記憶にはございませぬ。そのころ、上方におりましたもので」

「上方に、また何で」

「銭勘定の修業です」

「では、当時のことはご存じないと仰る」

「はい、残念ながら」

「なれば、大奥さまはご健勝か。ちとはなしを聞いてみたいのだが」

「それは無理にございます。母は父が亡くなってから惚《ぼ》けがひどくなり、手前の顔すら忘れてしまいました」

「それはまた、お気の毒に」

惣太郎の口は重く、何を聞いても歯切れが悪い。

仕舞いには小判を三枚ほど袱紗《ふくさ》に包み、床を滑らせて寄こした。

「お役人さま、これでご勘弁ください」

惣太郎は磨きこまれた床に額を擦《す》りつけ、あたまをあげようともしない。

勘兵衛は袱紗を鷲掴《わしづか》みにすると、怒りを怺《こら》えた様子の鯉四郎に顎をしゃくった。

「まいるぞ」

勘兵衛は外へ出ると、目黒川の北岸を黙って歩みだした。

このあたりは朱印地《しゅいんち》なので、寺社の築地塀《ついじべい》がどこまでもつづいている。

「長尾さま、どちらへ」

「きまっておろう、東海寺裏の笹藪だ」

「丑五郎の屍骸がみつかったところへ」

「そうだ、検分いたさねばなるまい。ついでに、住職のはなしも聞いてみよう」

「あの」

「なんだ」

足を止めて振りかえると、鯉四郎は言いにくそうに口をひらいた。

「長尾さまは袖の下を受けとらぬお方と、聞いておりました」

「はは、それか。欲しいなら呉れてやる、ほれ」

勘兵衛は、ぽんと袱紗の包みを抛った。

鯉四郎は受けとるや、顔を紅潮させた。

「いりません、こんなもの」

「受けとっておけば、先方も安心する」

「え」

「気づかなんだか、梓屋は誰かを怖れておる、口止めされておるのよ。その金を受けとらねば、ややこしいことになるやもしれぬ。暗がりで強面《こわもて》の連中に挨拶されてはかなわぬからの」

「なるほど、得心《とくしん》いたしました」

ふたりは裏手の笹藪を検分し、東海寺の住職にもはなしを聞いた。

住職は八年前の惨い出来事をおぼえていたが、わかったことは「布袋屋《ほていや》」という潰れた旅籠の屋号と所在くらいのものだった。

勘兵衛たちは洲崎の漁師町へも足をむけ、地廻りの連中などに聞きこみをおこなった。

さらに、中之橋を渡って南本宿へも歩をすすめ、八年前に娘が犯された場所を探りだし、周辺の住人や行商をつかまえては片端から当時のことを訊いてみた。

日没まで足を棒にして歩きまわったものの、これといった成果は得られない。

丑五郎と忌わしい出来事との関連は判然とせず、探索は暗礁に乗りあげつつあった。

予定は大幅に狂い、日帰りで江戸へ舞いもどるつもりが、品川で一夜の宿をとるはめになったのである。

どうせ泊まるならと、釣瓶心中のあった旅籠を選んだ。

以前の「布袋屋」は他人の手に渡って「恵比須屋」と改名されていたが、煤《すす》けた天井や皹《ひび》割《わ》れた漆喰の壁などを眺めていると、何やら陰鬱な怨念が渦巻いているようにも感じられた。

「呪縛霊《じゅばくれい》にでも真相を聞いてみるか」

勘兵衛は戯《たわむ》れつつも、何かに縋《すが》りたいおもいだった。

梓屋のみならず、宿場全体が沈黙をきめこんでいる。

そんな気がしてならなかった。

六

その夜、宿改めがあった。

目つきの鋭い陣笠与力が、物々しい扮装《いでたち》の捕り方どもをしたがえ、土足で二階部屋へ押しいってきたのだ。

「勘定奉行所与力、牟田口《むたぐち》源吾《げんご》である」

と聞き、勘兵衛は鯉四郎と顔を見合わせた。

勘定奉行と道中奉行を兼ねる山科《やましな》刑部《ぎょうぶ》配下の連中らしい。

「いったい、何の改めにございますか」

鯉四郎は、まなじりを吊りあげた。

「極秘の探索ゆえ、仔細は告げられぬ」

牟田口は重々しく言いはなち、手にした宿帳を捲った。

「ほう、南町奉行所の同心どもか。朱引外で何を探っておる」

「東海寺裏手の笹藪にて、無宿丑五郎が斬殺された一件にございます」

勘兵衛は威儀を正し、毅然と応じてやった。

「その一件ならば余計な口出しは無用じゃ。夜が明けたら早々に立ちさるがよい」

「お待ちを」

と、言いかけた鯉四郎の肩をつかみ、勘兵衛は深々とお辞儀をしてみせる。

「かしこまりました。お役目、ご苦労さまにございます」

「ふん、邪魔したな」

牟田口は片頬で意味ありげに笑い、くるっと踵《きびす》をかえす。

鯉四郎はよほど口惜《くちお》しいのか握った拳を震わせ、捕り方どもが去った途端、怒りを爆発させた。

「長尾さま、言いなりになってよろしいのですか。あの連中は宿改めに託《かこつ》け、われらを恫《どう》喝《かっ》したに相違ござらぬ」

「さもあろうな」

「おわかりならば、なにゆえ、素直に引きさがるのです」

「そう熱くなるな、ただでさえ蒸し暑いのだ」

勘兵衛は浴衣のまえをはだけ、団扇《うちわ》でぱたぱたやりだした。

「おぬし、宿場の連中をどうおもう」

「あきらかに、八年前の曲事《まがこと》を隠蔽しようとしております」

「妙ではないか。下手人は捕まっておるのだぞ。何を隠す必要がある」

「おそらく、表沙汰にできぬことがあるのでしょう。しかも、御奉行の山科さまは秘密を知っている。ひょっとすると、梓屋が怖れているのは山科さまかもしれませぬ」

「なるほど、山科さまの配下なれば、問屋場から古い記録を探しだし、破りすてることもできような」

「いったい、何を隠そうとしておるのか」

「それがわかれば苦労はせん」

「なれば明日、一からあらいなおしましょう」

「良い心懸けだ。廻り同心の鉄則その一、おなじ相手に何度も当たれ」

「梓屋ですな」

「ふふ、血のめぐりが良うなってきたな」

勘兵衛は窓外に目を遣った。

二階部屋からは、目黒川を見下ろすことができる。

漆黒の川面には、眉よりも細い二日月が揺れていた。

亥ノ刻を過ぎたころ、またもや二階部屋を訪ねてくるものがあった。

暗闇に紛れてあらわれたのは、紫の御高祖頭巾《おこそずきん》をかぶった女である。

遠慮がちに頭巾を取った途端、真っ白な頭髪が目に飛びこんできた。

両手をついて顔をあげたのは、皺顔の老婆にほかならない。

「梓屋惣介の妻、菊恵《きくえ》にござります」

「おう、これはこれは」

勘兵衛はみずから座布団をはこび、恐縮する惣介の妻を座らせた。

「ご子息によれば、貴女はご亭主に先立たれ、惚けてしまわれたとか、あれは」

「莫迦息子のでまかせにござります。惣太郎は実の母親を奥座敷に閉じこめたきり、滅多に出してはくれませぬ。隙を盗んで抜けだしてきたのですよ」

「いや、よくぞお訪ねくださった」

「先代から仕える番頭が、わざわざ江戸からお役人さまがみえたと教えてくれました。惣太郎にお尋ねになられた内容も、番頭は盗み聞きしておりましてね」

今宵、品川に宿をとるとなれば、たぶん「恵比須屋」だろうと見当をつけた。番頭に調べさせたところ、勘が当たったのだと、菊恵は品のある笑みを浮かべてみせる。

「これも天運、不憫《ふびん》な夫のことをおもうと居ても立ってもいられず、意を決してお訪ね申しあげたのでございます」

「うんうん」

「されど、何からはなしてよいものやら」

「ご心配にはおよばぬ。こちらからゆるりと訊いてまいろう」

「はい」

同心ふたりと老婆は、かぼそく揺れる燭台《しょくだい》の炎を挟んで向かいあった。

勘兵衛がまず糺したのは、川にはまって不慮の死を遂げた先代のことだ。

菊恵は六年前の記憶をたどりながら、夫の死に不審を抱いた経緯を喋った。

そもそも、惣介は、正体を無くすほど酒を呑んだことなど一度もなかった。

大量の酒を無理矢理呑まされ、凍てついた冬の目黒川に抛りなげられたのだと、菊恵は確信を籠めて言う。

「布袋屋のお嬢さんが惨い目に遭って以来、夫は何者かに命を狙われていたのでございます」

はなしが核心に近づくと、菊恵は震えだした。

勘兵衛は膝をすすめ、肩にそっと触れてやる。

「茶でも呑むかね」

「いえ、結構です」

菊恵は落ちつきをとりもどし、可哀想な娘を輪姦した折助たちの名を口にした。

「卯市、亥之助、丑五郎、巳吉、いずれも干支《えと》に因《ちな》んだ名なので、ようくおぼえております。亡くなった夫によれば、武家屋敷に出入りする中間仲間であったとか」

勘兵衛と鯉四郎は、目顔で頷きあった。

やはり、娘を襲った連中のなかに丑五郎と巳吉の名はあった。

撲殺されたほかのふたりとは、卯市と亥之助のことにちがいない。

梓屋惣介の嘆願をきっかけに、破落戸《ごろつき》四人組は縄を打たれ、江戸十里四方払いの沙汰を受けた。そして、何処かでほとぼりをさまし、江戸へ舞いもどってきたところ、何者かによってつぎつぎに撲殺されたのだ。

菊恵は宙を凝視《みつ》め、新たな事実を語りはじめた。

「じつは、もうひとりいたのだそうです」

「え」

娘が襲われた場所に、五人目の男がいたというのである。

しかも、男が旗本の次男坊だったと聞き、勘兵衛は眉を顰《ひそ》めた。

「夫はわたしにすら、お旗本の正体を明かしませなんだ。ただ」

「ただ」

身を乗りだす勘兵衛から、菊恵は目を逸らす。

「はい、島津さまの御上屋敷に出入りなさっておられたお方とか」

「出入《でいり》旗本か」

元来、出入旗本は幕府から大名家へ送りこまれた監視役であった。ところが、何代も世襲されるうちに本来の目的は薄れ、多くはたかり同然の迷惑者になりさがった。

もっとも、薩摩のような雄藩ともなればはなしは別、知行持高五千石を超える大身旗本でなければ、まず出入りは許されない。

ともあれ、当時の出入旗本が誰であったかは、調べればわかることだ。

菊恵のおかげで、隠された凶事の輪郭が朧気《おぼろげ》ながら炙りだされてきた。

大身旗本の次男坊と四人の折助、この構図から推せば誰が首謀者かは一目瞭然である。

酒に酔った放蕩侍が遊び半分に曲事《まがごと》をおもいつき、手懐《てなず》けていた小者どもを呼びあつめて悪さにおよんだ。

勘兵衛は、肝心なことを尋ねてみた。

「菊恵どの、布袋屋の娘、名は何と申す」

「おぬい」

「なに」

おぬいといえば、巳吉の腕に彫られていた女の名ではないか。

腕にいれぼくろを彫るほど、巳吉は布袋屋の娘に惚れていた。片思いか、それとも相惚《あいぼ》れか、どっちにしろ、半端者の巳吉はおぬいをことば巧みに誘いだし、狼どもの供物《くもつ》に捧げたのだ。

「おおかた、そんなところだろう」

忌わしい出来事はうやむやになりかけたが、宿場の有力者でもある梓屋惣介の嘆願により役人が動いた。とどのつまり、罰せられたのは折助たちだけであった。

放蕩侍の父親が裏で手をまわし、事を穏便に済ませたのだ。

折助たちは幾ばくかの報酬を貰い、それと交換に口を噤《つぐ》んだ。

宿場じゅうが表沙汰にできぬ秘密とは、五人目の男の正体にまちがいあるまい。

菊恵の語るとおり、惣介は真相を知ったがゆえに消された。息子の惣太郎もそれと気づき、八年前の一件とはいっさいの関わりを断とうとしているのだ。

「罪を犯したものは、けっして天の網を逃れられませぬ。お役人さま、どうか、どうか、夫の無念をお晴らしくだされませ」

菊恵は気丈に言いきり、畳に俯《うつぶ》すや「うっ、うう」と、嗚咽《おえつ》を洩らしはじめた。

鯉四郎が素早く身を寄せ、老婆の肩を優しく撫でる。

「わたしにも祖母がおります。とてもこのお方が他人とはおもえませぬ」

鯉四郎は涙ぐみ、しきりに洟《はな》を啜《すす》った。

なかなか、良いところがある。

「菊恵どの、すまぬが、もうひとつだけよろしいか」

勘兵衛は最後にひとつ、気になっていることを訊いた。

「おぬいという娘のことだ。双親を亡くして宿場から消えたと聞いたが、行方に心当たりはあるまいか」

菊恵は、つっと顔をあげた。

「夫が申しておりました。不幸な娘の行方をそれとなく気に掛けていたところ、半年ほど経って消息がわかったと」

「ほほう」

「風の噂では名を変え、根津の岡場所で身を売っていたそうです」

「娘の新しい名を、ご先代は」

「口にいたしました。たしか、おくみと」

「まことか、それは」

勘兵衛は、さすがに驚かされた。

菊恵によれば、おくみとは首を吊った母親の名だという。

布袋屋夫婦は世間体を慮《おもんぱか》り、傷心の娘をのこして逝った。

ひとりのこされた娘は、さぞや、不条理なおもいを抱かされたことだろう。

それでも、強烈な生への欲求が、娘をこの世に生かしつづけたのだ。

——生きていればきっと、きっと良いことがある。

そのことばを胸に繰りかえし、春をひさいできた十九の娘、そんなおくみのことをおもうと、勘兵衛は居たたまれない気持ちにさせられた。

「これで胸のつかえはとれました。いつなりとでも夫のもとへ逝くことができます」

菊恵は静かに微笑んだ。

息子に軟禁されている老婆を哀れむことはできても、救ってやることはできない。

鯉四郎が大きな手を差しのべた。

「夜道は危ない。中之橋までお送りしましょう」

「いいえ、ちゃんと帰れますよ。この宿場で生まれたのですもの」

「しかし」

「うふふ、ありがとう。お祖母さまを大切にしてあげてくださいな」

菊恵は音もなく廊下を去った。

もはや、品川宿に用はない。

勘兵衛と鯉四郎は一睡もせず、旅立ちの朝を迎えた。

七

品川からもどって三日目の夕、庭木を眺めながら七輪《しちりん》で鰯《いわし》を焼いていると、銀次が手下の三平《さんぺい》を連れてあらわれた。

三平は以前、へっつい直しを装って小金を盗むこそ泥だった。勘兵衛に捕らえられて重敲《おもたた》きの罰を受けたあと、銀次に預けられたのだ。平目《ひらめ》のような情けない面をしているが、町々の抜け道を熟知しているので、けっこう役に立つ。

「お、鰯だな」

銀次は鼻をひくつかせ、縁側に腰掛けた。

床に手をつき、遠慮がちに奥を窺う。

「お嬢さまはお留守ですかい」

「仁徳さんの用事で薬種問屋へな、茶なら勝手に淹《い》れて呑め」

「ほんじゃ」

銀次は雪駄を脱ぎ、勝手知ったるもののように奥へ消えた。

三平は庭先に立ったまま、涎《よだれ》を啜っている。

「腹が減っておるのか」

「へい」

「手柄をあげたら、腹一杯食わしてやるぞ」

銀次が奥からもどってきた。

急須ではなく、一升徳利を提《さ》げている。

「旦那、三平のやつは手柄をあげやしたぜ」

「ほ、そうか」

「おい三平、旦那にご報告しろ」

「へ」

勘兵衛は銀次に渋《しぶ》団扇を手渡し、ぐい呑みに酒を注いだ。

「三平、ほれ、口を濡らせ」

「へ、ありがとさんです」

三平はくっと冷酒を呷り、手の甲で唇《くち》もとを拭った。

喋りだすかとおもえば「もう一杯」と、ぐい呑みを差しだしてくる。

「図々しいやつめ」

勘兵衛は苦笑しつつも、二杯目を注いでやった。

途端に、銀次の叱責が飛ぶ。

「焦《じ》らすな、阿呆」

「へ、親分のお言いつけで、おくみのやつを張っておりやすと、あの女、風呂敷包みをもって七つ屋へ消えやした。玄冶店《げんやだな》の端っこにある天竺屋《てんじくや》でやす。露地の暗がりで男が待っておりやした」

「男が」

「へ」

年恰好は三十前後、髷先を散らした半端者風の優男で、やたらに周囲を気にしていたという。

おくみは質草と交換に手にした金を、男にそっくり渡してしまった。

「男の足許をみたか」

「草鞋を履いておりやした」

「よし」

巳吉だなと、勘兵衛は察した。

おくみを捜しだして近づき、小金を強請《ゆす》ったにちがいない。

「どうかこれきりにしてくれと、おくみは泣きながら頼んでおりやした」

強請《ゆすり》はあれがはじめてではなかろうと、三平は洩らす。

味をしめた巳吉は、これからも金に困ればおくみに近づくにきまっている。

それが小悪党の習性というやつだ。

亭主に悲惨な過去をばらされたくなければ、素直にいうことを聞け。

おおかた、そうやって脅すのだろう。

おくみは、泣く泣くしたがうしかない。

誠実な亭主は、腕にいればぼくろまで彫ってくれた。愛《いと》しい亭主と別れたくないばっかりに、女は深みにはまってゆくのだ。

「男を跟《つ》けたのか」

「やさは馬喰町《ばくろちょう》の木賃宿でやす」

「でかした」

「へ、どうも」

人に褒められたことのない三平は顔を赤らめ、鬢をぽりぽり掻く。

銀次が渋団扇を揺らす手をとめ、横から口を挟んだ。

「旦那、男の顔はあっしもこの目で確かめやした。蛇みてえな目をした野郎でね」

「藪睨みの巳吉、名のとおりだな」

「しょっぴきやすか」

「ふむ、鯉四郎にも来いと伝えろ」

「今から踏みこむので」

「善は急げだ」

「お待ちを、鰯が焼けやした」

「ん、どれ」

銀次は、脂の滴る鰯を指で摘みあげてみせた。

「こんがりと、ちょうど良い塩梅《あんばい》でさ」

「そうだな」

「どうしやす」

「しょうがねえ」

勘兵衛は、投げやりな口調で吐きすてた。

「飯櫃《めしびつ》に冷や飯がのこっておる。三平、鰯はおめえにくれてやるよ」

「よろしいので」

「腹一杯飯を食わせると、約束しちまったからな」

三平は嬉しそうな顔で、銀次に伺いをたてた。

「親分、いいんですかい」

「いいってことよ、旦那に感謝しろい」

「へ、ありがとさんです」

三平と入れかわるように、銀次が庭へ降りた。

勘兵衛は腹の虫を抑えつけ、博多帯の背中に十手を差した。


その夜、ついに巳吉は木賃宿へもどらなかった。

みなは肩透かしを食わされ、ろくに眠りもせずに朝を迎えた。

勘兵衛は葺屋町で銀次が女房にやらせている「福之湯」に立ちより、一番風呂に浸かった。好きな食い物は豆腐と鰻、楽しみは酒と寄席と朝風呂だが、これだけは止められないものはと問われれば、朝風呂と応えるだろう。

もちろん、八丁堀にも銭湯はあるが、馴染みの顔ばかりで落ちつかない。ゆえに、勘兵衛は鎧の渡しを渡って、わざわざ「福之湯」まで足を延ばすことにしていた。

朝酒を楽しみに湯からあがってきたところへ、三平が血相を変えて駈けこんできた。

「旦那、巳吉のやつが殺られやした」

「なんだと」

場所は湯島の妻恋坂《つまこいざか》、巳吉は坂の中途で行き倒れのように死んでいた。

朝靄の立ちこめるなか、荷を担いだ軽子が何かに蹴躓《けつまず》き、坂道を転がりおちた。血だらけの恰好でもどってみると、屍骸がひとつ置きすててあったのだという。

「せっかくさっぱりしたところなのに」

勘兵衛は、押っ取り刀で外へ出た。

全身汗みずくになり、日本橋、神田と斜めに突っきる。

八ツ小路から昌平橋《しょうへいばし》を渡ると、左手に神田明神がみえてきた。

社の裏手、内藤豊前守上屋敷の海鼠塀《なまこべい》に沿って左に曲がれば、二町ほどさきにある妻恋稲荷まで急坂がつづく。それが妻恋坂であった。

殺しのあった場所では、銀次が待っていた。

ほどなくして、鯉四郎も駈けつけた。

ろくに寝ていないせいか、みな、兎のように眸子が赤い。

「旦那、ほかの三人とやり口はいっしょだ」

銀次が指摘するとおり、巳吉は棍棒のようなもので脳天をぱっくり割られていた。

あたり一面に脳みそがぶちまかれており、急坂が殺しのあった場所であることはまちがいなかった。

「朝っぱらから嫌なものをみたぜ」

銀次は屍骸のそばに屈みこみ、物言わぬ巳吉の右腕をもちあげた。

勘兵衛は首をかしげて覗きこみ、鯉四郎は及び腰で眺めている。

屍骸の右腕には、無宿者の痕跡がありありと入墨されてあった。

「さて、おつぎは左だ」

「おっ」

銀次は屍骸の袖を捲り、左腕をもちあげた。

三人は、同時に声をあげた。

そこにあるはずのいれぼくろが、みあたらない。

鋭利な刃物で、皮膚は四角く切りとられていた。

「旦那」

「ふむ、切りとったのは死んだあとだな」

「いってえ、何のために」

恨みか、あるいは、いれぼくろの女との繋がりを消すためか、ほかにこれといった理由は浮かばない。

「殺ったところが妻恋坂ってのも気になりやすぜ、坂上のお稲荷さんは夫婦円満を祈願するとこだ」

「銀次よ、辰三を疑っておるのか」

「疑いたかありやせんがね、抛っておくわけにもいかねえでしょ」

「詮方あるまい。明日は七夕、長屋では一斉に井戸替えをやる。今日じゅうにはなしを訊こう」

「ちっ、ややこしいことになってきたぜ」

銀次は悪態を吐き、坂上にはためく朱の幟《のぼり》を睨みつけた。

鯉四郎はどうしたわけか、何処へ行くとも告げず、坂をずんずん登っていく。

「あいつ、何を考えておるのだか」

勘兵衛はひとりごち、ふうっと溜息を吐いた。

八

葺屋町には市村座があり、東隣の堺町には中村座がある。

ほかにも薩摩座、肥前座、辰松座といった芝居小屋が軒にならぶ二《に》丁町《ちょうちょう》は、一日千両の金が落ちるといわれる江戸有数の娯楽街にほかならない。

辰三とおくみの住む源五郎長屋は楽屋新道沿いにあり、親父橋を斜《はす》にのぞむ「福之湯」とは町の端と端で離れている。

長屋の連中の目もあるので、勘兵衛は辰三を「福之湯」へ連れてこさせた。

おくみが昼餉の買い物に出掛けたところを狙い、三平が袖を引いてきたのだ。

勝手口から入った奥の仏間を貸してもらった。

抹香《まっこう》臭いが、死臭を嗅ぐよりは数倍もましだ。

銀次も付きあい、三平は土間に控えた。鯉四郎のすがたはない。

「怪我のぐあいはどうだ」

勘兵衛が水をむけると、辰三は攣《つ》った頬を歪めた。

「仕事ができねえのも辛え。でも、笑えねえのがもっと辛え」

「酷い傷痕だな。頬の傷を縫ったのは娘の綾乃だ」

「お嬢さまにゃ感謝しておりやす。こうして命があっただけでも儲けもの、おくみもそう言ってくれやして」

「できた女房ではないか」

「へ、そりゃもう」

「おぬし、悄《しょ》げてみえるぞ」

「七夕の時期になると、落ちこみやす」

「なんで」

「隣近所じゃ、親子仲良く楽しそうに短冊をつくっていやがる。瓢簞《ひょうたん》に西瓜《すいか》に大福帳、数珠に連ねた酸漿《ほおずき》に吹きながし、五彩の短冊を結びつけた笹竹が江戸じゅうの屋根という屋根に飾られる。そうした景色を眺めていると、子のいねえ寂しさをひしひしと感じやす」

「なるほどなあ、しかし、おぬしが寂しがってばかりおったら、おくみが気の毒だぞ。おくみにしても子のことは気に病んでおるのだ、ことさら元気に振るまってやるのも愛情ってものだろうが」

「へい」

辰三は目を伏せた。

勘兵衛は本題にはいった。

「辰三、昨晩は何処におった」

「新川河岸で呑んだくれておりやしたけど」

「誰と」

「ひとりでやす。傷が疼《うず》いて仕方ねえので、酒で紛らわせようと」

「ふうん」

「朝まで呑んだくれ、おくみのやつに心配されやした」

勘兵衛は鼻を近づけ、くんくんやった。

「朝まで呑んだわりには臭わぬな」

「さっき、福之湯さんに浸からしてもらったもんで」

勘兵衛はぎろっと睨み、突如、雷鳴のような怒声をあげた。

「莫迦野郎、嘘を吐くんじゃねえ」

銀次は首を縮め、三平は土間にひっくり返った。

辰三は顔面蒼白になり、がたがた震えている。

「いれぼくろを切りとったのは、おめえだな」

勘兵衛は打って変わって、優しい口調で語りかけた。

辰三は畳にくずれおち、嗚咽を洩らしはじめる。

「大の男が泣くんじゃねえ。おめえがおくみのためにやったな、わかってらあ。憎かったんだろう、巳吉の腕にあったいれぼくろがよ」

感情が高ぶると、勘兵衛の口調はべらんめえ調に急転する。

それがかえって、場の空気を和らげた。

「何もかも喋ってみな、遠慮はいらねえ、ここは白洲じゃねえんだ。三平、井戸水を汲んでこい」

「合点で」

三平が井戸水を汲んでくる。

「こう暑いと冷てえ水が何よりの馳走だ、なあ」

辰三は水をごくごく呑み、訥々《とつとつ》と喋りはじめた。

「あっしは勘づいておりやした。おくみは巳吉とかいう下司《げす》野郎に強請られていた。理由なんざいくらでもある。おくみは岡場所の女だった、小悪党につけこまれるような脛《すね》の傷はひとつやふたつじゃねえ、そうにきまってる」

「ふむ、それで」

「おくみのやつは、自分のむかしを口にできなかった。おいらに知られたら、三行半《みくだりはん》をつきつけられねえともかぎらねえ。そうやって悩んでるのをみていられず、こっちから言いだそうと何度おもったことか」

だが、辰三は言いだせなかった。

「おいらにも、糞《くそ》みてえな意地があったんです」

怒りの矛先は、半端者の巳吉にむかった。

秘かにあとを跟け、木賃宿に滞在していることをつきとめ、毎晩、新川河岸へ呑みにいくと嘘を吐いては、巳吉の動きを見張った。

「あの野郎、殺すしかねえとおもいやした」

それで懐中《ふところ》に匕首《あいくち》を呑み、機会を窺っていたのだという。

辰三によれば、巳吉は何度か夜中に木賃宿を抜け、湯島のほうへ足をむけた。

どうせ、行き先は岡場所だろうとおもっていたが、意外にもそうではなかった。

妻恋坂を登り、いつも坂のうえですがたを消した。

「今夜こそ逃しやしねえ。昨晩は坂の途中で決着をつけようと、心に決めておりやした」

坂のうえには、妻恋稲荷も鎮座している。

辰三は事の成就を祈りつつ、暗闇から躍りだした。

刹那、闇を劈《つんざ》くような喚《おめ》きが響き、ぼこっという鈍い音が聞こえた。

巳吉が何者かによって、撲殺されたのだ。

「刺客《しかく》はひとりか」

「へい、黒頭巾で顔を隠しておりやした」

得物は四尺を超える木刀であった。

「そやつの発した声は」

「声ですかい」

「えいとか、やっとか、気合いの掛け方にもいろいろあろう」

「そういやあ、鶏《とり》が絞められたような疳高《かんだけ》え声でやした」

「猿叫《えんきょう》だな」

「旦那、そいつは何です」

と、銀次が横から訊いてきた。

「野太刀自顕流《のだちじげんりゅう》の気合いさ。抜いたら最後、鎧甲《がいこう》もろとも頭蓋をまっぷたつ、自顕流に二の太刀はない」

「恐《こえ》えな」

「薩摩だよ」

野太刀自顕流は、門外不出の剣である。したがって、黒頭巾の刺客は薩摩の者にちがいないと、勘兵衛はおもった。

梓屋の菊恵によれば、忌わしい出来事で隠蔽された五人目の男は、当時、薩摩藩邸に出入りしていた大身旗本の次男坊であったという。

関連は大いにある。次第に縺《もつ》れた糸が解けてくるように感じられた。

勘兵衛は、項垂れる辰三を促した。

「恐ろしい相手がそばにいた。にもかかわらず、おめえは逃げなかった。それどころか、無惨な屍骸に近づいた。なぜだい」

「巳吉の面をみときてえ、そうおもったら矢も楯もたまらず」

子《ね》ノ刻を疾《と》うに過ぎ、月明かりも乏しい妻恋坂に人影はなかった。

辰三は恐る恐る歩みより、俯した屍骸を見下ろした。

そして、左腕のいれぼくろを目にしてしまったのだ。

「気づいたら、匕首を抜いておりやした。ほとけを傷つけたことは、いまでも後悔しておりやす」

沈黙が流れ、勘兵衛が口をひらいた。

「辰三、よく喋ってくれたな、恩に着るぜ」

「旦那、お縄にしてくだせえ、覚悟はできておりやす」

「ここが白洲なら、おめえは島送りさ。だがな、いまのはなしはおれの胸三寸におさめておく。おめえはぜえんぶ忘れちまえ、おくみにも喋るんじゃねえぞ」

「おくみにも」

「ああ、そうだ。おめえらふたりは鰯の鍋、離れがたい臭え仲じゃねえか、なあ。余計なことは口にせず、ただひとこと、おれにゃおめえしかいねえと、そう、告げてやりゃいいのさ」

「へい」

辰三は畳に額を擦りつける。

それにしても、巳吉はいったい、誰に殺られたのだろうか。

勘兵衛はふと、鯉四郎の行方が気になった。

九

七夕の朝。

鯉四郎は妻恋坂で別れて以来、何処かへすがたを消してしまった。

銀次と三平に捜させてはいるが、いまだに消息はわからなかった。

小雨がぱらつきはじめたせいか、芝居町の喧噪は聞こえてこない。

勘兵衛は日課どおりに「福之湯」を訪れ、女湯の暖簾をくぐった。

銭湯の一番風呂にはいるのは、八丁堀に住む同心の特権でもある。

女湯には、勘兵衛専用の刀掛けまで用意されていた。

袖の下は拒んでも、一番風呂の特権だけはありがたく享受している。

三度の飯より風呂が好きなのだ。朝風呂に浸からぬことには一日がはじまらない。

「おはようさん」

勘兵衛は、番台に座るおしまと挨拶を交わした。

大柄なおしまは、いつも雌牛のように眠そうだ。

「旦那、今朝は先客が」

雌牛が声をひそめた。

「薊のご隠居ですよ」

「ほ、そうか、薊のご隠居なら仕方あるまい」

勘兵衛は軽く溜息を吐き、板の間で着物を脱いだ。

留め桶と糠袋《ぬかぶくろ》を提げ、流し板から柘榴口《ざくろぐち》へむかう。

薊の隠居はどうやら、湯舟に浸かっているらしい。

朱塗りの柱に箔絵で飾られた破風《はふ》を眺め、勘兵衛は柘榴口をくぐった。

濛々《もうもう》と湯気の立ちこめるなかから、さっそく、嗄《しわが》れた声が掛かってくる。

「うぽっぽか、遅いぞ、茹《ゆ》で蛸《だこ》になってしもうたわ」

文字どおり、茹で蛸になった老人が、ざばっと立ちあがった。

齢は六十のはずだが、萎びてはいない。

筋骨隆々としており、とても老人のからだにはおもえなかった。

「ちと湯がぬるいぞ。番台の雌牛によう言うておけ」

「は」

高飛車に命じられても、素直にしたがうよりほかにない。

勘兵衛は湯舟にも浸からず、隠居を先導しながら流し場へむかった。

洗い板の一隅に座を占め、当たり前のように隠居の背中を流しはじめる。

「うぽっぽ、わしの背中を流すのも久方ぶりであろう」

「三月《みつき》ぶりになりますか」

「月日が経つのは早いものじゃ」

あいかわらず、見事な背中だった。

隠居は憤怒《ふんぬ》の烏枢沙摩《うすさま》明王を背負っている。

それが「薊」の異名で呼ばれる所以《ゆえん》だった。

烏枢沙摩明王とは現世の不浄を排除する神のこと、たいていは厠に飾られている。

「どうじゃ、町の様子は」

「いたって平穏、というわけにはまいりませぬ」

「そのようじゃの」

薊の隠居は、すべてお見通しだ。

格別に何かあったときだけ、こうして「福之湯」へ顔を出す。

銀次とおしまもふくめ、偉そうな隠居の正体を誰も知らない。

知った途端、腰を抜かしてしまうだろう。

「末吉鯉四郎という若僧がおるな」

「は、定廻りに」

隠居はなぜか、鯉四郎のことを口にした。

「はじけおったぞ」

「え」

勘兵衛は背中を流す手を止めた。

「あやつ、何をやらかしたのでござりましょう」

「それも知らずに、のうのうと朝風呂へ浸かりにくるとはの」

「も、申し訳ござりませぬ」

「功を焦りおって、単身、湯島の旗本屋敷へ踏みこんだのじゃ」

「なんと」

「安心せい。今は自邸にて謹慎させておる。おぬしの役目じゃ。内与力の門倉角左衛門に後見役を頼まれたのであろうが」

「は、面目次第もござりませぬ」

「まあよい。ところで旗本屋敷の主人《あるじ》じゃが、誰だとおもう」

「はて」

「勘定奉行の山科刑部じゃ」

「なんですと」

勘兵衛は仰天した。

「おぬしらが品川で調べてきた件については、末吉より詳細な報告があった、門倉を通じてのう。山科刑部はわしが勘定奉行だったころの組頭でな、いわば生え抜きじゃ。むかしから姑息なところがあった。あやつの性分ならば、いかなる手を講じてでも次男坊の失態を隠蔽しようとするじゃろう」

梓屋の菊恵が口にした出入旗本とは、誰あろう、山科刑部のことにほかならなかった。

次男坊の罪を必死に隠そうとするのは当然である。勘定奉行に圧力を掛けられれば、宿場も沈黙するしかあるまい。

「末吉はああみえて、なかなか良い読みをしておったぞ」

半端者四人組は金に困り、八年前の忌わしい出来事をもちだして、あろうことか、山科刑部を強請ろうとおもいたった。それがために、江戸へ舞いもどってきたのだと、鯉四郎は推察したらしい。

山科家次男坊の半之丞《はんのじょう》は、いまや、幕臣として出世街道を昇っている最中だった。小普請組組頭から書院番組頭へ昇進したところで、むかしの曲事を穿《ほじく》られたくない立場にあった。

それゆえ、父の刑部としては、どうにかして小悪党どもを始末してしまわねばならなかったのである。

「奸計《かんけい》を用いたのじゃ」

小悪党どものひとりを裏切らせ、仲間の動きを逐一報告させた。

四人のなかでいちばん金に転びそうな男、それが藪睨みの巳吉だった。

案の定、巳吉は丑五郎たち三人を裏切り、仕舞いには自分の命をも縮めた。

鯉四郎はみずからの推察を確かめるべく、真正面から山科家の門を敲いたのだという。

「無謀じゃ。相手が旗本では手出しなぞできぬわ」

そもそも、幕臣の取締りは目付の管轄である。

町奉行所《まちかた》の同心ずれが面会をのぞんだところで、門前払いを食うにきまっている。

しかも、相手は勘定奉行、ひと筋縄でいくわけがない。

「困難を承知で、末吉鯉四郎は門を敲いた。みずからを囮《おとり》にして、相手の出方をみる腹だったのじゃ」

邪魔だとおもえば、敵は何らの手を打ってくるだろう。

鯉四郎は剣に自信をもっている。刺客でも振りむけてくれれば儲けものと考え、背水の陣を敷いた。

「おぬしに迷惑が掛かるとおもい、黙っておったのじゃ。猪突猛進のきらいはあるが、あの若僧、胸に正義を秘めておる」

隠居は、横顔でにやっと笑った。

無論、世の中、正義だけでは渡ってゆけない。

鯉四郎の期待に反し、山科刑部は南町奉行所内へ手をまわした。

かねてより年番方与力の小此木監物と昵懇《じっこん》の仲らしく、小此木を通じて厄介事の揉み消しをはかったのだ。

そうした経緯ののち、鯉四郎は謹慎の命を受けた。

「先方の言い分にしたがわねばならぬ。町奉行所に探索の権限はない。ま、命があっただけでも儲けものじゃ。じつを申せば、わしは末吉鯉四郎の父を知っておる。といっても、二十年もむかしのことじゃがな」

当時、鯉四郎の父は勘定方で、とある汚職に連座した廉《かど》で腹を切らされた。

直後、母親も頓死し、祖母のもとに幼い子供たちが遺された。

そして、子供たちもつぎつぎに病死を遂げ、無事に成長できたのは鯉四郎ひとりであったという。

「偶さか剣に優れておった。それゆえ、勘定所で燻《くすぶ》っておったところを救ったのよ」

薊の隠居が町奉行所の定廻りに推輓《すいばん》したおかげで、今の鯉四郎がある。

「姓こそ末吉じゃが、あれは運《ツキ》のない家に育った」

「さようでしたか」

「父は骨のある男でな、息子もきっと父の気質を継いでおるに相違ない」

鯉四郎を育てた祖母は数年前から痴呆がすすみ、このごろでは目を離した隙に近所を徘《はい》徊《かい》するまでに症状が悪化してしまった。

「小女《こおんな》に面倒をみさせてはおるが、鯉四郎も暇をみては世話をしておるらしい」

もしかしたら、そのせいで酒席を断っていたのだろうかと、勘兵衛は臆測した。

「ま、わしとの関わりが知れたら、鯉四郎もやりにくかろうて。今のはなしは、おぬしの胸にとどめておけ」

「は、かしこまりました」

「ともあれ、山科父子をどういたすか、それが難問じゃ」

「さようにございます」

「内与力の牟田口源吾とは面識があろう」

「宿改めの際に」

「あのもの、門倉の調べでは野太刀自顕流の遣い手らしい」

「薩摩ですか」

「おうよ。刑部は一時期、島津家の食客じゃったからの。そのときの繋がりで拾った男であろう」

巳吉たちを撲殺したのは、牟田口にまずまちがいなかろう。

ただし、同心ずれの勘兵衛には、旗本の家臣を捕縛する権限がない。

かといって、この一件を目付筋に託すのは考えものだった。

証拠があまりにも不充分すぎる。

勘定奉行の権限で、即刻、握りつぶされるだけのはなしだ。

要するに、正面からぶつかっても勝ち目はなかった。

「はあて、うぽっぽ、どう解決いたす」

これといって良い思案も浮かばず、勘兵衛は押し黙った。

「八年前の曲事を隠蔽した罪は重い。なにしろ、人が死にすぎておる。勘定奉行という重き立場にありながら、人心を不安に陥れた大罪は見過ごせぬ。おぬしは不得手であろうが、こたびばかりは荒療治を施さねばなるまい」

「やはり、そうなりましょうか」

「天が裁きを下すのじゃ。覚悟のほどは」

「は、できております」

「猶予はないぞ」

厳しく言いすて、薊の隠居は陸湯《おかゆ》を浴びた。

「さればな」

さっぱりした顔で、流し場をあとにする。

勘兵衛はなかば途方に暮れながら、烏枢沙摩明王を見送った。

いまさら、申すまでもない。

薊の隠居とは南町奉行、根岸肥前守鎮衛《やすもり》のことであった。

十

三日後。

勘兵衛は奸計を用いた。

十日夜《とおかんや》の欠けた月を仰ぎながら、妻恋坂を登っている。

拐《かどわ》かした「罪人」には猿轡《さるぐつわ》を咬ませ、頭巾で顔をすっぽり覆った。

銀次と三平が「罪人」の縄を引き、その前方を勘兵衛が歩む。

「旦那、うまくいきやすかね」

銀次が心配げに声を掛けてきた。

「さあな、やってみなけりゃわかるまい」

「しくじりゃ、こっちの命が危ねえ」

「弱気だな。おぬしらしくもないぞ」

「でも、旦那」

「腹を括《くく》れ。そうすりゃ下手は打たねえさ」

「へい」

項垂れていた「罪人」が足を止め、石のように固まった。

銀次は縄をたぐって「罪人」を引きよせる。

「往生際の悪《わり》い野郎だぜ」

亀甲《きっこう》に縛られた男は視界を奪われ、口も利けない。

耳だけが頼りだろうが、こちらの正体はわかるまい。

城勤めの帰路、四辻《よつつじ》の暗がりで襲われ、やにわに当て身を喰らった。

気づいたときには後ろ手に縛られ、目隠しと猿轡を塡《は》められていたのだ。

きれぎれの会話から、自分が罪人扱いされていることは勘づいているだろう。

しかし、なぜ、罪人扱いされねばならないのか、その理由まではわかるまい。

勘兵衛は、ふいに足を止めた。

「さっきは強がりを吐いたが、やはり、こういうやり方は好かぬ」

「いまさら後戻りはできやせんぜ。自分の犯した罪は自分で償ってもらう。そう仰ったのは旦那じゃありやせんか」

「そうであったかな」

「ほかに良い思案も浮かばねえし、こうするっきゃねえんですよ」

本日夕刻、勘兵衛は銀次を山科邸まで使いに出した。

小此木監物からの使いと嘘を吐き、妙な小悪党をひとり捕まえたのだが、どう処置すべきか指示を請いたいと告げさせたのだ。

小悪党は殺された巳吉の博打仲間で、巳吉が撲殺されたところを目撃した。本人が洩らすには、下手人の見当はついており、勘定奉行の山科刑部に訊いてみろという。小此木の配慮で小悪党は縄目にし、誰も寄りつけないようにさせているが、いずれにしろ、扱いに困っている。

そうやって銀次に告げさせたところ、応対に出た山科刑部は小悪党を引きとりたいと申しでた。出向かれても何かと不都合なので、こちらから山科邸へ連れていくということになったのだ。

ゆえに、勘兵衛はこうして妻恋坂を登っている。

月は煌々《こうこう》としているものの、亥ノ刻を過ぎれば人影もない。

寂しい坂道を登りきり、右手に妻恋稲荷の鳥居を眺めながら、わずかにすすんだ。

山科邸の正面には豪壮な棟門が聳《そび》えたち、迎え火のような篝火《かがりび》が焚《た》かれていた。

「盆にはまだ早えぜ」

銀次が吐きすてた。

棟門脇の潜り戸は開いており、こちらの気配を感じたのか、内側から大柄の男が着流しであらわれた。

内与力の牟田口源吾である。

品川宿で面をみられていたが、相手は気づかぬ様子だった。

「待っておったぞ。そやつか、戯《ざ》れ言《ごと》を吐きおったのは」

「さようにござります。小此木さまのお指図にしたがい、しょっぴいてまいりました」

「あいにくだが、素姓も知れぬ輩を邸内へ入れるわけにはまいらぬ」

「困りますな、それでは」

「よい、御奉行の山科さまもご了解のことゆえ、案じるな」

「そう申されても」

「くどい。わしは内与力の牟田口源吾じゃ。自分で申すのも何だが、山科さまの懐刀よ。文句を言わずに従いてこい」

牟田口の名を聞いた途端、悄げていた「罪人」は陸に釣りあげられた魚のように暴れだした。

すかさず、銀次が鳩尾《みぞおち》へ拳を叩きこんで黙らせた。

牟田口は不審な顔ひとつせず、大股で大路を横切った。

「ぐずぐずいたすな。早く来い」

「何処へ行かれます」

予想どおりの展開だが、勘兵衛は狼狽《うろた》えたふりをした。

「すぐそこじゃ」

牟田口は妻恋稲荷の鳥居をくぐり、石段を登りはじめた。

境内には人影もなく、月光を浴びた杜《もり》が蒼々《そうそう》と照らしだされている。

「よし、このあたりでよい。そやつをここへ」

「牟田口さま、どういうことでございましょう」

「不埒者の裁きは、わしに一任されておるのよ」

「まさか、この場で成敗《せいばい》なさるおつもりですか」

「そうだと言ったら、どうする」

沈黙が殺気を呼び、勘兵衛はわざと項垂れた。

「どうもいたしませぬ」

「ふふ、納得できたようだな」

横から、銀次が声を掛けた。

「牟田口さま。こいつの猿轡に目隠し、はずしやしょうか」

「そのままでよい。悪党の顔なぞみたくもないわ」

「それでは」

勘兵衛の指示を受け、銀次と三平が抵抗する男を引きずった。

縄を手渡された牟田口は男の膝を折り、這《は》いつくばらせる。

男は腹を何発か蹴られて観念し、おとなしくなった。

牟田口が昂然と喝《かっ》しあげる。

「これより裁きをくだす。おい、不浄役人」

「は」

「おぬし、こやつから何を聞いた」

「何も」

「聞いておらぬと申すか」

「聞いたかもしれませぬが、すべて忘れました」

「ふふ、それでよい。さすがは小此木どのの配下じゃ。されば」

牟田口は腰を落とし、三尺余りの剛刀を抜きさった。

——きえーい。

凄まじい猿叫とともに、刃風《はかぜ》が唸る。

刹那、罪人の首が薙《な》ぎとばされた。

「終わりじゃ。あっけないものさ」

牟田口に呼吸の乱れはない。

「こやつはお上を愚弄せし不埒者。したがって、問答無用で斬りすてた。それでよかろうな」

念を押され、勘兵衛は平然と応じてみせる。

「わたしは構いませぬが、牟田口さまはそれでよろしいのか」

「なに」

「首のご検分を」

「ん」

牟田口は血の滴る大刀を提げたまま、地に転がる死に首に顔を近づけた。

「うへっ」

目隠しがはずれた死に首は猿轡を塡めたまま、双眸を恐ろしげに瞠《みは》っている。

黝《あおぐろ》い顔はまぎれもなく、山科半之丞にほかならない。

「こ……これは、どうしたことじゃ」

牟田口は眸子を剝き、ぶるぶる震えだした。

「与力どの、いかがなされた」

「うるさい、こ、これは山科家の若殿じゃ……くそっ、どうなっておる」

半狂乱になりかけた牟田口にむかって、勘兵衛は凜然《りんぜん》と発した。

「窮地を逃れる方法はひとつ、この場から尻尾を巻いてお逃げなされ」

「わっ」

牟田口は脱兎のごとく駈けだし、鳥居のむこうに消えていった。

境内には死に首とともに、勘兵衛と銀次と三平がのこされた。

「旦那、まんまと引っかかりやしたぜ」

「そうだな」

「人相書きの手配はできておりやす」

「そうか」

牟田口源吾は辻斬りの重罪人として手配され、明日にでも捕縛されるにちがいない。

そして、辻斬りの汚名を着たくないがために、山科刑部の罪状をひとつのこらず告白することになるだろう。山科は「御役御免のうえ蟄居《ちっきょ》」を申しわたされ、数日後には切腹の沙汰がおりる。

それが勘兵衛の描いた筋書きであった。

「ちと、やりすぎたかのう」

「旦那、おくみのことをおもってごらんなさい」

「おくみか」

双親に死なれ、苦界へ沈むしかなかった娘の気持ちをおもえば、やはり、こうするしかなかったのだと、納得できそうな気もする。

「悪事をはたらけば、いつかきっと報いがおとずれる。どんな悪党も天の網から逃れることはできねえ」

銀次が、しんみりとこぼす。

勘兵衛は半之丞の屍骸に筵《むしろ》をかけ、夜が明けるのを待った。

十一

文月十二日。

南茅場町にある「薬師さん」の境内では草市がはじまった。

売り子は近在の百姓たちで、芋殻《おがら》や供養膳や酸漿提灯といった盂蘭盆会《うらぼんえ》の必需品をあつかう。

勘兵衛は茹《う》だるような残暑のなか、草市の喧噪を逃れ、日本橋川の対岸へ渡った。

何となく、浮かない顔だ。

山科半之丞を、あのようなかたちで罠に嵌めてしまったからであろうか。

「後悔しても詮無いことだ」

ああする以外に、解決できる手はなかった。

すでに、牟田口源吾は縄を打たれ、吟味方与力の門倉角左衛門より厳しい詮議を受けている。

早晩、山科刑部の罪状は白日のもとに晒《さら》されるであろう。

金で雇われた腰掛け与力の牟田口ならば、主人の罪をかぶって刑場の露と消える道は選ぶまい。むしろ、飼い主の罪状を洗いざらいぶちまけ、呵々《かか》と嗤《わら》ってこの世を去ろうとするだろう。そう、勘兵衛は踏んでいる。

なにはともあれ、折助殺しの探索は、ひとりの勘定奉行を転落にみちびいた。

が、勘兵衛たちの手柄はおおやけにされない。

町奉行所の不浄役人が幕府の重職でもある勘定奉行の罪を暴いたとなれば、何かと差しさわりがあると判断されたためだ。牟田口が捕縛されるにいたった経緯を知るものは、南町奉行の根岸肥前守と内与力の門倉角左衛門のみである。

鯉四郎は謹慎を解かれ、もとの定廻りにもどった。

もどってみると、いつのまにか厄介事は解決していた。

狐につままれたような面をしたが、勘兵衛や銀次を追及する素振りはみせなかった。

ふたりが裏で動いたことなど、想像もできなかったからだ。

薊の隠居に素姓を聞いてから、気にならないといえば嘘になるが、鯉四郎への接し方が変わったわけではない。あいかわらず、こちらからは滅多に喋りかけることもなく、傍《はた》でみていると冷たい態度にも映った。

だが、南町のはぐれ者同士は、何となくいっしょにいることが多くなった。

勘兵衛はひとり、汗を拭きながら葺屋町の河岸を歩んでいる。

楽屋新道へ曲がる角には、百日紅《さるすべり》が鮮やかな紅色の花を咲かせていた。

百日紅は猛暑のなかで百日も咲きつづける。

その強靭《きょうじん》さが、おくみの強さとかさなった。

辰三は意を決し、おくみに告白したらしい。

——おれにゃおめえしかいねえ。

そのひとことで、ふたりのあいだに蟠《わだかま》っていたものはすべて氷解した。

いっしょに暮らしてさえいれば、たいていのことは水に流してわかりあえる。

「それが夫婦《みょうと》というものだ」

二十年前に失った静のことを想いだし、勘兵衛はやりきれない気持ちにさせられた。どうして「おれにゃおめえしかいねえ」と言ってやれなかったのか、その機会があったのかどうかさえ、今ではもう忘れてしまった。

勘兵衛は抜け裏から露地へ踏みこみ、源五郎長屋の軒下へ身を差しいれた。

所狭しと干された洗濯物の狭間を、幼子たちが歓声をあげながら駈けまわっている。

物陰からさりげなく様子を窺っていると、おかちめんこのおせいが井戸水を汲みにあらわれた。

隣部屋からは、姉さんかぶりのおくみも顔を出す。

「あら、からだのほうは平気なのかい」

おせいに訊かれ、おくみはにっこり微笑んだ。

「おかげさまで……うっ」

唐突に口を押さえ、おくみは腰高障子の奥へ引っこんでゆく。

「ほうら、言わんこっちゃない。無理をしちゃいけないよ」

おせいは心配顔で奥にひと声掛け、井戸へむかった。

「つわりか」

おくみは、めでたく懐妊したにちがいない。

「ふふ、神様がくれた赤ん坊だな」

辰三の喜ぶ顔が目に浮かぶ。

勘兵衛は稲荷の祠まで歩をすすめ、無事に元気な子が産まれるようにと手を合わせた。

ふと、みやれば、右手の甲に点のような黒子がある。

むかし、静と手を繋いだことがあった。そのとき、静の左手の拇指《おやゆび》が触れたところへ、静にさえ気づかれぬように黒子の墨を入れた。

「こいつが、ほんとうのいれぼくろさ」

右手の甲には、消えさることのない恋情《おもい》が刻まれている。

物言わぬ狐にむかって、勘兵衛は深々とこうべを垂れた。

黒子を優しく撫でながら、もういちどだけでいい、静に逢わせてほしいと、心の底から願った。

ゆうかげ草

一

地べたに長い影が伸びた。

永代橋《えいたいばし》西詰めの広小路は、いつ来ても賑《にぎ》わっている。

町はもうすぐ雀色に沈み、すれちがう相手の輪郭すらおぼつかなくなる。

巾着切《きんちゃくきり》にとっては稼ぎどき、自然、勘兵衛の目つきも鋭いものに変わった。

「旦那、うぽっぽの旦那」

葦簀張《よしずば》りの店から、気軽に声を掛けられた。

蟹のような体つきの五十男が、右足を引きずりながら近寄ってくる。

「なあんだ、おめえか」

五位鷺《ごいさぎ》の万蔵《まんぞう》、香具師《やし》である。

右足の膝から下は義足で、少し引きずりながらも器用に歩む。

「なあんだはねえでしょう、春先に浅草の奥山でお逢いして以来ですぜ」

「そうだったな」

袖と袖がわずかに触れあった。

探ってみると、小粒（一分金）がはいっている。

「あいかわらず、見事な手並みじゃねえか」

「へへ、むかしとった杵柄《きねづか》でさあ」

「威張れたもんじゃあんめえ」

「そりゃもう、疾《と》うに改心いたしやしたよ。旦那はあっしにとっちゃ神様仏様でさあ」

万蔵は老けた皺顔《しわがお》をくずし、勘兵衛にむかって拝んでみせる。

「縁起でもねえまねはよせ」

「へへ、神棚に拝むよか、よっぽどこっちのほうがご利益がありまさ」

万蔵は本人に言わせれば「ちったあ名の知れた」掏摸《すり》だった。

勘兵衛に三度捕まり、四度目に捕まって首を刎《は》ねられる寸前で助けられた。

仏の顔も三度という訓戒どおり、掏摸は捕まっても三度目までは手心をくわえられる。

敲《たた》きの刑で済まされるのだが、四度目に捕まったときは小粒ひとつ盗んでも命はない。

　ところが、万蔵には仏が四度も微笑んだ。

「おれにゃ女房と乳飲み子がいた。それで、旦那は温情を掛けてくだすったんだ」

「よしてくれ、二十年もめえのはなしだぜ」

　万蔵は勘兵衛の口添えで命を拾い、八丈島送りとなった。

　遠流《おんる》の島で二年過ごしたが、娑婆への未練を捨てきれず、とある夏の夜、断崖のてっぺんから海へ飛びこんだ。無謀にも泳いで海を渡ろうとおもったのだ。海面には岩礁が突きだしており、激突した拍子に右足がちぎれとんでしまった。

「おめえってやつは、運がいいんだかどうだかわからねえな」

　好運は翌年の秋におとずれた。

　十代将軍家治《いえはる》が崩御し、一橋《ひとつばし》家当主の家斉が新将軍となった。

　島送りの罪人はみな、恩赦によって赦免船に乗せられたのだ。

　江戸へもどった万蔵は性根を入れかえ、まっとうな商売をはじめた。

　二十年経った今では浅草黒船町に一家を構え、盛り場ではたいそう顔の利く香具師の元締めに成りあがった。

　浅草にはもうひとり、花川戸《はなかわど》の権蔵《ごんぞう》という四十代なかばの貸し元がいる。この権蔵とともに、万蔵は浅草の「二蔵《にぞう》」などと呼ばれ、もちあげられていた。

「小悪党も年を取りゃそれなりに偉くなる」

「てえしたことはありやせんや」

「縹緻《きりょう》良しの一人娘は、何という名だったかな」

「おしのでやす」

「おうそうだ、嫁にやったのか」

「いいえ、それがまだなんで」

万蔵はなぜか寂しげな笑みを泛《うか》べ、葦簀張りの店を振りかえった。

娘が商売を手伝っているのだろう。五年前に女房が逝ってからは、なにからなにまで娘にまかせきりだという。

「ちったあ、おしののことも考えてやらねえとな」

「へい、旦那の仰《おっしゃ》るとおりでやす」

「ま、おれも偉そうなことを言える立場じゃねえ」

勘兵衛はつぶやき、拇指でぴんと小粒を弾いた。

「万蔵、肝心なことを忘れているぜ」

小粒を受けとった万蔵は、片頬で笑ってみせる。

「へへ、うっかりしてやした。旦那は袖の下の利かねえおひとだ」

「頼み事があるんなら、ほかに当たってくれや」

「そういたしやす。じゃ旦那、失礼しやす」

「おう、またな」

親しい相手に邂逅《かいこう》すると、口調も自然と親しみやすいものに変わる。

大川に映る残照を遠望しつつ、勘兵衛は豊海橋《とよみばし》のほうへ足をむけた。

博多帯を腰のあたりまでずりさげ、閂《かんぬき》に差した大小の柄《つか》に左袖をちょんと載せている。

粋な八丁堀同心の定番ともいうべき恰好だった。

膨《ふく》らんだ懐中には財布が仕舞ってあり、帯の背中には十手が差してある。

十手は朱房の銀流し、飾りも同然の代物だ。

廻り方を勤めて三十有余年、抜いたことは数えるほどしかない。

猫に小判、うぽっぽに十手などと、上役や同僚に陰で笑われている。

よかろう、笑わば笑え、人を裁くだけが十手持ちの役目ではあるまい。

天道人を殺さず、窮地に立つものを救ってこその十手持ちではないか。

勘兵衛は、そんなふうにおもっている。

だが、理解してくれるものはすくない。

じつは今春、定廻りから書役への転身話があった。

書役ともなれば、一日じゅう机のまえに座りつづけねばならない。

廻り方にとっては責め苦も同然、勘兵衛は悩んだあげく隠居する覚悟を決めた。

と、そこへ、秘かに助け船を出してくれたのが、南町奉行の根岸肥前守だった。

元来は御家人の出身、勘定方からの叩きあげだけに、根岸は人の苦労を知っている。

おかげで、勘兵衛は書役へ左遷されずに済み、臨時廻りへ横滑りすることができた。

臨時廻りとは場数を踏んだ者のことである。江戸の裏事情に精通し、清濁併せのむ器量を兼ねそなえた人物でなければつとまらない。奉行の眼力は勘兵衛の人物を見抜いていたのだ。

根岸に命じられれば、猛火のなかでも飛びこむ覚悟はできている。

しかし一方で、なにものにも縛られず、つねに流れる雲のようでありつづけたいという強い願望があった。

袖の下を受けとらないのもそのためだ。

金を貰えば、見返りを期待される。

それが勘兵衛にとっては鬱陶《うっとう》しい。

葉月《はづき》、八朔《はっさく》を過ぎると夏の温気《うんき》もずいぶん和《やわ》らいでくる。

勘兵衛は豊海橋を渡って、霊巌島《れいがんじま》の新川河岸へむかった。

川沿いに酒問屋が軒をならべ、赤提灯が点々としている。

おふうが切りもりする「浮瀬《うかむせ》」も、そのうちのひとつだ。

店の名付け親だけに、勘兵衛は特別な客である。

いつもは銭湯帰りに立ちよるのだが、今日はきりっとした恰好で縄暖簾《なわのれん》をくぐった。

「旦那、一段と男ぶりがあがってみえますよ」

「からかうない、その気になっちまうじゃねえか」

「あら、本心を言ったまでですよ」

「そいつは嬉しいな。おふうに褒められる野郎なんざ、滅多にいねえ」

「うふふ、旦那だけですよ」

おふうは芯から楽しそうに笑った。

ふっくらしたからだを揺すり、甲斐甲斐しく肴《さかな》をつくりはじめる。

「何だか、今日の旦那はぞんざいな口振りですね」

「懐かしい男に逢っちまったからだろう」

「そうでしたか、そんな口振りで旦那に口説かれたら、女はたまりませんよ」

「おふう、そっからさきを言ったら、おれは歯止めの利かねえ男になっちまうぜ」

「うふふ」

ほんのり染まった頬に曖昧《あいまい》な笑みを泛べ、おふうは冷酒を注いでくれた。

「さすがに暮れ六つめえだと、客はいねえな」

勘兵衛は愛用のぐい呑みで冷酒を呷《あお》る。

「ぷふう、うめえ」

酒が胃袋に滲みこんだ途端、からだじゅうがかっと熱くなった。

とんと出されたのは秋《あき》茄《な》子《す》の糠《ぬか》漬《づ》けに鯊《はぜ》の甘露煮、おふうのこしらえる肴はじつに美味い。

「旦那、立ちいったおはなしを伺っても、よろしいですか」

「なんだよ、あらたまって」

「誰に聞いたか忘れちまったんですけど、奥さまのことをお聞きしましてね」

「ほう」

「二十年前に生き別れになったって、ほんとうですか」

「生き別れなんかじゃねえ、逃げられたのさ」

「逃げられた」

「ああ、そうだ。理由なんざわからねえ。表店の藪《やぶ》医者にゃよく言われるがな、おめえは女心をひとつもわかっちゃいねえって」

「逃げられたのは、旦那のせい」

「たぶんな」

「旦那は今も、奥さまのことを捜していらっしゃるんでしょう」

「よせやい、捨てられた女に未練があるかよ」

強気なことを吐けばかえって、おふうに動揺を見透かされてしまう。

勘兵衛は上等な下り酒を一気に呷った。

「むかしのはなしさ、娘の綾乃が女房の逃げたときの年になりやがった」

「不思議ですねえ」

「なにが」

「旦那の心のなかでは、若くて美しい奥さまが生きつづけていらっしゃる。なんだか、羨ましい気もいたしますよ」

「おふう、しみったれたはなしはよそうぜ」

「ごめんなさい、気になって仕方なかったものだから、つい」

「気にしてくれんのは嬉しいけどよ、女房のはなしだけはやめてくれ」

「承知しましたよ。金輪際、口にはいたしませんからね、さ、ご機嫌直しにもう一杯」

おふうはつとめて陽気に笑いながら、酌をしてくれた。

自分も小振りの茄子をぷつっと囓《かじ》り、返盃の酒を呑む。

その様子を眺めつつ、勘兵衛もぐい呑みをかたむける。

暮れ六つの鐘が鳴り、客がひとりふたりと増えはじめた。

禍々《まがまが》しい出来事を耳にしたのは、日没から小半刻ほど経ったころのことだ。

出職風の二人組が縄暖簾をくぐるなり、誰にともなく「今そこで大変なことが起こったぜ」と口走った。

永代橋の西詰めで侍同士が刃傷沙汰を起こし、香具師の娘が傍杖《そばづえ》を食って斬られたというのである。

「おい、娘はどうなった」

勘兵衛が鋭く糺《ただ》すと、出職のひとりはあっさり「死にやした」と吐いた。

「肩口から大袈裟にひと太刀、ばっさりやられたらしいんで」

悲鳴をあげる暇もなく、娘は血の海に沈んだ。

侍どもは遁走《とんそう》し、のこされた亡骸のかたわらには、娘の父親と目される男が立ちつくしていたという。

「どんな男だ」

勘兵衛の鼓動は早鐘を打ちはじめた。

「へい、万蔵とかいう香具師の元締めだそうで」

一瞬にして酔いが醒《さ》めた。

「くそったれが」

勘兵衛は憤然と席を立ち、心配顔のおふうに背をむけた。

二

正午を過ぎ、空は分厚い雲に覆われた。

火葬場《かそうば》にはひと筋の黒い煙が立ちのぼり、和尚の読経だけが聞こえている。

黒紋付きの万蔵は泪《なみだ》も涸《か》れ、さきほどから悄然《しょうぜん》と佇《たたず》んだまま、煙の行方を追っていた。

勘兵衛は声も掛けられず、すっかり縮んでしまった万蔵の背中をじっと凝視《みつ》めるしかない。

納棺の際、十九の娘には薄化粧がほどこされた。

おしのは錦繍《きんしゅう》に彩られた振り袖を着せられ、まるで嫁入りの門出でもあるかのような美しさが、かえって集った人々の悲しみを誘った。

　棺桶に縋《すが》って泣きくずれる万蔵のことを、勘兵衛はみていられなかった。おなじ年頃の娘をもつ父として、万蔵の気持ちが痛いほどわかるからだ。

「娘十九といやあ本厄だ、切ねえこったな」

　隣でぼそっと洩らすのは、岡っ引きの銀次である。

「楽しみはこれからだってえのに……万蔵も運のねえ男だぜ」

　若い娘が亡くなると、亡骸に着せた振り袖は天蓋《てんがい》に仕立てなおし、檀那寺《だんなでら》へ納める風習がある。ゆえに、葬儀屋は天蓋屋とも呼ばれていた。

　おしの纏《まと》った豪華な振り袖の裾模様は、五弁の白い花びらの根もとが薄紅色に暈《ぼ》けた花だった。

「旦那、ありゃ何の花です」

「木槿《むくげ》さ、おしのが好きな花だったらしい」

　中国の「詩経《しきょう》」という古い書のなかで、木槿は美しい女性の顔に喩《たと》えられた。

　朝に咲いて夕には萎《しぼ》む、儚《はかな》い一日花の運命《さだめ》が娘心を惹《ひ》きつけたのか。

　木槿には「ゆうかげ草」の異称があることを、勘兵衛は想いだした。

「ちくしょう、赦《ゆる》せねえ」

銀次は眸子《まなこ》を血走らせ、拳をぷるぷる震わせる。

「おしのを殺《や》った野郎は、かならずみつけだしてやるぜ」

さして難しいことではあるまい。みた者は大勢いたのだ。

永代橋の広小路で対峙《たいじ》したのは、五人の若い月代《さかやき》侍たちだった。

一方は江戸勤番の藩士風三名、もう一方は山出し風の藩士二名である。

聞きこみでわかった大筋の経緯はこうだ。

ふたりの山出し侍が露店を物色していたところ、勤番侍たちにからかわれた。

やにわに、山出しのひとりがあたまに血をのぼらせ、大刀の柄に手を掛けた。

そこへ、おしのが割ってはいった。

山出しどもは不運にも、おしのの露店を覗いていたのだ。

美しい江戸娘に惹かれ、つい、足をむけてしまったにちがいない。

不運はかさなった。

おしのは相手の袖を摑《つか》むつもりが、前のめりになった拍子に鞘《さや》を摑んでしまった。

――げっ、無礼者。

山出し侍は驚いたように吼《ほ》えあげ、振りむきざま、刃こぼれひとつない刀を大袈裟に斬りさげた。

血飛沫《ちしぶき》が散り、おしのは俯《うつぶ》せに倒れた。
呆然《ぼうぜん》と佇む山出し侍は仲間に促され、その場から逃げさった。
喧嘩の種を蒔いた勤番侍たちも、何処《いずこ》かへ消えたあとだった。
万蔵が駈けつけたとき、おしのは店先に襤褸布《ぼろぬの》も同然に転がっていた。
にもかかわらず、自分を斬った相手の鞘だけはしっかり握っていたという。

「反《そ》りの深え朱鞘で、しかも印籠刻《いんろうきざ》みときてる」

「珍品だな」

「持ち主を捜すのは造作《ぞうさ》もねえはなしでさあ」

銀次の言うとおり、山出し侍の素姓はほどなく判明するであろう。

下手人を捕まえることくらいしか、万蔵にしてやれることはない。

いつのまにか、黒い煙はかぼそくなっている。

万蔵は身じろぎもせず、曇天に消えゆく煙の行方を追いつづけた。
蒼褪《あおざ》めた横顔をみれば、何らかの強い意志を秘めているかのようだ。

「危ねえな」

勘兵衛の直感が囁《ささや》いた。

火葬場から長屋へもどると、仁徳の治療部屋から男の悲鳴が聞こえてきた。返り血を浴びた仁徳は、ちょうど腹を縫っているところで、手伝いのおよね婆と定廻りの末吉鯉四郎が患者の四肢を押さえつけていた。

綾乃はいない。初対面で仁徳にからかわれて以来、鯉四郎を避けているのだ。戸板に押さえつけられているのは、京橋の南鞘町《みなみさやちょう》に住む鞘師の喜《き》八《はち》だった。

「鯉四郎、何があった」

「は、こやつ、出刃《でば》を腹に突きたてたまま、自身番へ逃げこんでまいりました」

「出刃を腹に、誰がやった」

「女房です」

嫉妬深い女房が旦那の浮気を赦せず、半狂乱になって出刃を振りまわしたらしい。笑うに笑えないはなしだ。

「女房はどうした」

「自身番におります」

「悄《しょ》げておる様子か」

「俯いたまま、顔をあげようともしません」

「そうか」

横合いから、仁徳が口を挟んだ。

「うぽっぽ、悪《わり》いのはこのぞろっぺい野郎だぜ。丑ノ刻に降る雨と四十男の浮気はなかなか休まねえというがな、女房を泣かす男にろくな野郎はいねえ」

仁徳がぱちんと腹を叩いた途端、喜八は悲鳴をあげた。

「くそっ、藪医者め」

と、憎まれ口まで叩く。

勘兵衛は首を伸ばし、傷口をみた。

「ふうん、たいした傷ではなさそうだな」

「深さは二寸、急所は外れておるわい。女房も本気じゃなかったのさ」

「そうか、よし。鯉四郎、聞いたとおりだ。女房を家に帰してやれ」

「え」

「自身番留まりなら、定廻りの判断でどうにでもなる」

「で、でも」

「心配はいらぬ、おぬしが諭《さと》してやれば女房も二度と莫迦《ばか》なまねはせぬさ、刺された亭主のほうも目が醒めただろうよ」

「わかりました」

「最初《はな》っから、そう言やいいんだ」

勘兵衛はさきほどから、運ばれてきた男が鞘師であることに因縁を感じていた。

喜八は膏汗《あぶらあせ》を掻《か》いているものの、意識はしっかりしている。

「おい喜八、ちと訊《き》きたいことがある」

「な、なんでやしょう」

「印籠刻みの朱鞘のことだ」

「はあ」

藪から棒に訊かれ、喜八は目をまるくした。

「一昨日の夕方、永代橋の西詰めで殺しがあった」

「た、たしか……香具師の娘が斬られたとか」

「おう、それだ。娘が相手の鞘を握っていたのだ」

「ああ、それなら」

喜八は事情を悟った途端、間髪を容れずに応えた。

「昨日、仲間内に朱鞘の注文が入ったと聞きやした。日本橋は北鞘町にある与一《よいち》って野郎です。与一が預かった刀が村正《むらまさ》だったもんで、ちょいとした噂になりやしてね」

千五《せんご》村正といえば、血塗られた数々の妖刀伝説で知られる刀だが、所持したいと願う変わり者は多いと聞く。

「蛇《じゃ》の道はへび、訊いてみるものだな。おそらく、それにまちがいあるまい。おぬしのおかげで可哀想な娘を斬った男が捕まるかもしれぬ」

「そ、そりゃどうも」

「傷は痛むかい」

「じぐじぐと疼《うず》きやす」

「おめえの嬶《かか》ァはな、その痛みの何倍も心が痛んでいるはずだぜ。そこんところをわかってやれねえようじゃ、生きる価値はねえ」

「へ、へい」

喜八は横をむき、洟水《はなみず》を啜《すす》りあげた。

「阿呆、泣くんじゃねえ」

仁徳が焼酎を口にふくみ、いきなり、傷口に吹きつけた。

「ひぇっ、ひえええ」

喜八は悲鳴をあげて仰けぞり、七転八倒しはじめる。

「おらおら、我慢しろい。傷口がひらいちまうぞ」

「くそったれ、藪医者め」

騒がしさに居たたまれなくなったのか、奥から綾乃があらわれた。

鯉四郎と目を合わそうともせず、およね婆の手伝いにまわる。

勘兵衛は眸子をほそめ、肩を落とす鯉四郎に声を掛けた。

「喜八の女房を早く放して戻ってこい、朱鞘の持ち主をとっつかまえるぞ」

「は」

勘兵衛に促され、鯉四郎は脱兎のごとく駈けだした。

三

張りこみから二日目の夜、粋筋《いきすじ》の女があらわれた。

一石橋《いっこくばし》の北河岸、北鞘町にある鞘師与一のもとを訪ね、女は「お約束の朱鞘はできておりますか」と口走ったのだ。

機転の利く丁稚《でっち》小僧が席を立ち、河岸の物陰に控える銀次に伝えた。

さっそく銀次は手下の三平を走らせ、八丁堀の勘兵衛と鯉四郎に腰をあげさせた。

ふたりが到着するまでの小半刻ほど、与一は完成した朱鞘に磨きを掛けたりしながら引きのばしをはかった。そのあいだ、女は上目遣いで島田髷《しまだまげ》に挿《さ》した簪《かんざし》をいじくりつつ、苛々《いらいら》した様子で待ちつづけた。

勘兵衛たちが一石橋へたどりついたのは酉ノ下刻ごろ、冴え冴えとした夜空に欠けた月が煌々とかがやいていた。

女は布にくるんだ刀をだいじそうに抱え、一石橋の船着場から猪牙《ちょき》に乗った。

勘兵衛らは二艘の猪牙に分乗し、日本橋川を東へ進む艫《とも》明かりを追いかけた。

「妙ですね」

向かい風に袖を靡《なび》かせ、鯉四郎が口を尖らせた。

「遣いを寄こすにしても、女というのはいかにも妙です」

「なぜ」

「鞘師の預かった刀は正真正銘の村正、かなり値の張る高価な代物でした。それを粋筋の女に託すとは、無用心すぎやしませんか」

「かえって女のほうが怪しまれぬと踏んだ、ちがうかな」

と発しながらも、勘兵衛も居心地の悪さを感じていた。

相手は鞘を置きすてたことを自覚している。鞘から足がつくかもしれぬというのに、おなじような朱鞘を新たに注文するだろうか。

鞘師与一によれば、店にあらわれたのは五十がらみの月代侍で、鞘の形状から色合いまで事細かく注文していったという。

一方、多くの証言によれば、おしのに手を掛けたのは二十代の若侍にほかならず、店にあらわれた男とは風貌が一致しない。

ひょっとしたら見当違いかもしれぬ、という不安が脳裏を過《よ》ぎった。

前方の艫明かりを睨《にら》み、鯉四郎がぼそっとこぼす。

「あの猪牙、大川へ出るようですね」

「南か、それとも北か」

猪牙は箱崎の手前を左に折れ、矢のように大川へ躍りだした。

行き先は本所か、いや、艫明かりは新大橋を通過し、大川を遡上していく。そして、両国橋をも通りすぎ、墨堤《ぼくてい》の昏《くら》い影に沿って北上をかさね、向島の中之郷まで行きついたところで、ようやく船足をゆるめた。

女を乗せた猪牙は、源森川の大川口へ舳先《みよし》をむけた。

大川口には枕をふたつ並べたような枕橋が架かっており、橋の北側に水戸藩専用の船着場がある。

「水戸屋敷か」

勘兵衛は鯉四郎と顔を見合わせた。

「厄介だな」

捜している相手が御三家の藩士なら、町奉行所の同心風情に手は出せない。

船着場に揺れる艫明かりを横目に見つつ、勘兵衛らは南岸へ舳先を寄せた。

対岸に蜒々《えんえん》とつづく堅固な白壁は、水戸藩下屋敷の海鼠塀《なまこべい》にほかならない。

「長尾さま、どういたします」

桃割れた顎《あご》を突きだす鯉四郎にむかって、勘兵衛はつまらなそうに吐いた。

「はあて、忍びこむわけにもゆくまい」

蛍火のように揺れる艫明かりが消えた。

女は何者かに導かれ、屋敷内へ招じられたにちがいない。

戸惑っていると、桟橋の暗がりから提灯が近づいてきた。

三人いる。月代頭に黒羽織の男たちだ。

中央の男だけは鬢《びん》に霜がまじり、左右に控える男たちはまだ若い。

「そこで何をしておる」

出しぬけに声を掛けられたものの、勘兵衛は平然と応じた。

「夜廻りですが、何か」

「猪牙で夜廻りか、めずらしいな。しかも、不浄役人ふたりに岡っ引きと手下、ちと仰々しすぎやしないか」

「失礼ですが、そちらは」

「わしは大嶽徳之進《おおたけとくのしん》、水戸藩の馬廻り役よ」

白髪まじりの男は分厚い胸を張り、唇《くち》もとを捻《ね》じまげた。

「おぬし、わしにだけ名乗らせておくのか」

「失礼いたしました。わたしは南町奉行所の長尾勘兵衛にござります」

「見掛けぬ顔だ、本所廻りではないな」

「臨時廻りです」

「なるほど、若いほうは定廻りか」

「いかにも」

「正直に申せ。何を探っておる」

「別に」

「なれば、わしのほうから教えてつかわそう。一石橋から女を乗せた猪牙を追い、わが藩の庭先へたどりついた。図星であろうが」

勘兵衛はわざとらしく、空咳を放った。

「お見通しでしたか」

「あたりまえだ。ふふ、おぬしらを誘うたのだからな」

「ほう、これはまた聞き捨てなりませぬな」

「遅かれ早かれ、不浄役人が動くであろうことは察しておった。然るべき筋から奉行所に探索差し止めの申し入れをおこなってもよいのだが、それも面倒でな。おぬしらを誘い、直に諭そうとおもうたまでのこと」

「諭す」

「さよう」

「仰る意味がようわかりませぬ。もしや、御家中の不祥事をお隠しなさるおつもりか」

「隠すつもりは毛頭ない。香具師の娘は、武士の魂である鞘に触れた。がゆえに、問答無用で無礼打ちにされたのじゃ。不浄役人ごときに詮索される筋合いはない」

「なんだと」

　鯉四郎が気色ばんだ。

　膝を乗りだしかけたところを制し、勘兵衛は静かに発した。

「そのはなしを聞かされ、われらが黙っておるとでも」

「手を引け、引かねば後悔するぞ」

「はてさて、御三家水戸さまにむかって、弓をひくことにでもなりましょうか」

「事と次第によってはな。そうなってしまえば、うぬら木っ端役人のひとりやふたり、闇討ちに遭ったところで、文句を言う者もおるまい」

「脅しですか」

逆に考えれば、大嶽らも脅しを掛けねばならぬほど、事態を深刻に受けとめているということだろう。

すくなくとも、おしのを斬った男が水戸藩の家中にいることは、ほぼ判明した。

それだけでも、相手の誘いに乗った甲斐があったというものだ。

ぎっと、猪牙が揺れた。

風が出てきたようだ。

勘兵衛は船上にあり、あくまでも泰然と構えている。

「水戸さまの御家中で朱鞘の村正を所持する若侍、そこまでわかっておれば、下手人はすぐに判明いたしましょう」

「だから、かのものは下手人にあらずと申しておる」

「大嶽どの、そのような屁理屈はとおりませぬぞ。目撃しておるものが大勢おります。われら役人の口を塞ぐことはできても、市井に暮らす人々の憤懣《ふんまん》は抑えきれるものではござらぬ。庶民の力を侮ってはなりませぬぞ」

「くふふ、おぬし、見掛けによらず骨がありそうな男だな」

元来、罪を犯した藩士は各藩内で裁くのが建前であるが、こたびのような盛り場での凶事は重く見なされ、町奉行が評定に掛けたうえで水戸藩へ罪人の引き渡しを要求することも充分に考えられる。

無論、水戸藩としては簡単に応じることはできない。

藩士の非を認めれば、水戸徳川家の権威は失墜する。

したがって、無礼打ちの一点張りで通し、遺族に謝罪する必要もなければ、藩士を罰する気もないという回答に終始するであろう。

ただし、庶民のあいだに不平不満が募り、暴発しそうな雲行きになった場合は、いかに水戸藩でも安閑としてはいられなくなる。大目付あたりが腰を据えて調べに乗りだせば、水戸藩は真実を隠蔽した罪を問われ、傷口をいっそうひろげることにもなりかねないのである。

そうした筋を読みきっているかのように、大嶽は冷ややかに笑ってみせた。

「おぬしの目論見《もくろみ》どおり、何の罪もない町屋の娘が非業な死を遂げたとなれば、江戸じゅうに抗議の声が騰《あ》がり、町奉行も重い腰をあげざるを得なくなるであろう。なれど、こたびは事情がちがう」

「事情がちがうとは」

　嫌な予感が過ぎった。

「ふん、斬られた娘の父親は島帰りというではないか。罪人の娘ならば、斬られても自業自得、いずれはそうした空気になるだろう。世間の風は冷たい、おぬしならわかるはず」

　勘兵衛は黙った。鯉四郎の歯軋《はぎし》りが聞こえてくる。相手がそこまで調べているとは、予想もできなかった。

「ぬはは、おぬしの負けだ。わかったら手を引け、よいな」

　桟橋に捨て台詞をのこし、大嶽らは立ちさった。

「くそっ、一本取られたぜ」

　銀次が悪態を吐く。

「偉そうな馬廻り役の言うとおりさ。おしのが五位鷺の娘でなけりゃ、江戸じゅうが黙っちゃいねえだろう。どっちにしろ、相手が御三家の家中じゃ手出しはできねえ。とどのつまり、弱え者は泣き寝入りするっきゃねえってことか。ちくしょう、やりきれねえぜ。なあ、三平」

　銀次は三平相手に、くどくど皮肉をならべたてる。

「ちと黙っておれ」

鯉四郎が苛立ちを抑えきれず、どなり返した。

勘兵衛はひとことも発さず、船頭に顎をしゃくる。

「出してくれ」

「へい」

二艘の猪牙は静かに陸を離れ、枕橋のしたを滑りぬけていった。

四

仲秋の名月を控えた待宵《まつよい》ともなれば、江戸じゅうに月見の宴が張られ、河岸という河岸に酔い蟹どもが溢《あふ》れだす。

澄みわたった夜空には月がぽっかり浮かんでいた。

勘兵衛は父娘水入らずで月見を楽しもうと、縁側にちょっとした酒肴《しゅこう》を仕度させた。

ところが、綾乃が余計な親切心で仁徳を誘ったものだから、藪医者は調子に乗って酒を浴びるほど啖《くら》いつづけている。

「わしは酒鬼《しゅき》と畏《おそ》れられた男じゃ。これしきの酒に呑まれてたまるか」

仁徳は鯰髭《なまずひげ》をそびやかし、近所迷惑にも野太い声を張りあげた。

綾乃は困った顔をつくりながらも、甲斐甲斐しく酌などをしてやった。

勘兵衛は七輪で蛤《はまぐり》を焼いている。薄《すすき》や団子といっしょに三方を彩るはずの縁起物だ。

ぱっくりひらいた殻にちょんと酒を垂らし、香ばしいかおりが匂いたったところを、じゅるっと音を起てながら食う。そして、冷酒を呑む。

「これがたまらんのよ」

と、仁徳は眦《まなじり》をさげた。

さきほどから、藪医者だけが縁起物の相伴《しょうばん》にあずかっている。

大嶽徳之進に誰何《すいか》されてから、丸二日経っていた。

勘兵衛はまだ、あきらめたわけではない。

銀次に命じて、朱鞘の主を捜させていた。

「みつけたところでどうなる。闇討ちにでもする気か」

酔いどれ医者の指摘は正しい。

南町奉行所の同心づれには、たしかに荷の重い一件だった。

「うぽっぽ、娘の父親はどうしておる」

「え」

「おめえが四度捕めえた男のことだよ」

忘れていた。火葬場でみて以来、逢っていない。

犯人捜しに夢中で、万蔵のことをすっかりなおざりにしていた。

「聞くところによりゃ、香具師を廃業したらしいぞ」

「まことに」

「ああ、万蔵のしたで働いていた若僧に聞いたのよ。そいつは鉄火場で頰を斬られてな、てえした傷でもねえのに三人掛かりで担ぎこまれてきやがった。なあ、うぽっぽ、ひょっとすると万蔵のやつ、血眼《ちまなこ》になって娘の仇《かたき》を捜しているんじゃねえのか」

なるほど、そうかもしれぬ。

勘兵衛は、万蔵の張りつめた横顔を浮かべた。

いつなりとでも死ねる。もはや、この世に未練はない。

そう、横顔は物語っていた。

天涯孤独になった万蔵を支えているのは、復讐心以外のなにものでもあるまい。

だとすれば、事を成就させてやりたいという気持ちと、おもいとどまらせねばという良心が、勘兵衛の心中で鬩《せめ》ぎあった。

「こいつは小耳に挟んだはなしだが」

仁徳は冷酒を呷り、声をひそめた。

「おしのは十五のころ、とある大店の若旦那に見初《みそ》められたらしい」

「そいつは初耳だ」

若いふたりは相惚れの仲になり、おしのは大店の若女将《わかおかみ》におさまるところまで、とんとん拍子にはなしはすすんだ。

が、やはり、大店の惣領と香具師の娘では身分がちがう。

しかも、父親の万蔵が島帰りであることが判明し、ふたりは仲を裂かれた。

おしのの美貌をもってすれば、あり得ないはなしではない。

勘兵衛はふと、永代橋西詰めの盛り場で万蔵がみせた寂しげな笑い顔を想起した。

「このはなしにゃ、つづきがある」

仁徳は苦い顔で洟らす。

「おしのはな、若旦那の子を孕《はら》んでいた。それを相手方に知られ、産まれたての赤ん坊を奪われたのさ」

妾にならぬかという誘いもあったらしいが、万蔵が断った。

せっかく産まれた子を奪われるのは切ない。

だが、おしのはまだ若かった。

出直しをはかるには、父親のいない赤ん坊が邪魔になる。

貰われてゆく子にしても、大店で何の気がねもなく育てられたほうが幸せだろう。

「おおかた、そうした理由で、万蔵もおしのも泣く泣く赤ん坊を手放すことにしたのじゃろう」

その子がちゃんと育っていれば、四つの可愛い盛りだ。

いくら手放したとはいえ、万蔵にとってかけがえのない孫であることになんら変わりはない。

勘兵衛は仁徳のはなしに、一縷《いちる》の希望を見出していた。

「大店ってのは美濃屋《みのや》だ。深川佐賀町の油問屋さ」

「油堀の美濃屋か、よし」

今日と明日は富《とみ》賀《が》岡《おか》八幡《はちまん》祭、深川一帯は祭り見物の人々でごったがえす。

祭りの喧噪《けんそう》が潮のように退いたあと、勘兵衛は油堀を訪ねてみようとおもった。

勘兵衛は仁徳と競うように呑みつづけ、ふと、丑ノ刻に目を醒ました。

――くわっ。

という怪鳥《けちょう》の鳴き声を聞いたような気がしたのだ。

縁側に手枕で横になっており、腹には羽織がかぶせてあった。

綾乃がかたわらに座り、団扇《うちわ》をあおいでくれている。

「お目覚めですか」

「ふむ、藪医者はどうした」

「さきほど厠《かわや》へ立たれ、それきり」

「帰ってこぬか」

「ふわい」

綾乃は欠伸《あくび》を嚙《か》みころした。

半身を起こすと、あたまがずきずき痛んだ。

声も嗄《しわが》れている。

「年甲斐もなく、お呑みになるからですよ」

「それは藪医者のほうだ」

「おふたりともです」

「むかしは蟒蛇《うわばみ》と畏れられたものだが、すっかり弱くなったわい」

「蛤のお吸物をあたためてまいりましょう」

「それはなによりだ。蛤は肺を潤し、腎を増し、酔いを醒ます効能もありとか」

「仁徳先生の受け売りですね」

「その程度のことは医者でなくとも知っておる」

綾乃はすっと立ちあがり、しばらくのち、湯気の立った椀を盆に載せてもどってきた。

「はい、父上」

「おう、すまぬ」

椀を抱え、ずずっとひとくち啜った途端、口のなかに磯の香りがひろがった。

「美味い、美味いのう」

綾乃のこしらえる料理は、どれもなかなかのものだ。

手の込んだ味付けは、およね婆に教わっているらしい。

およね婆よりも「浮瀬」のおふうに教われば、料理の幅もいっそうひろがるだろうに。

と、おもいつつも、勘兵衛は口に出さない。

娘のまえでは、おふうの名を出すことをためらった。

綾乃は父が三日にあげず「浮瀬」へ通っていることを知っている。

そのことを咎められたこともなかったし、綾乃がおふうに格別な感情を抱いている様子もなかった。ただ、何となく「浮瀬」を話題にしたくない。おたがいに避けているようなところがあった。

人々の寝静まる丑ノ刻だけに、あたりは深閑としている。

蛙《かえる》が地蔵橋から川へ飛びこむ音さえも、耳を澄ませば聞こえてきそうだ。

勘兵衛は、空になった椀をとんと置いた。

「綾乃、妙な夢をみたぞ」

「どのような」

「空の月が消え、突如、闇が襲いかかってきたのよ」

「闇」

「さよう、闇のかたまりだ」

「父上、それは鳥ではありませぬか」

「鳥か、そういえば、鳴いておったかもしれぬ。そうじゃ、わしは鳴き声のせいで目を醒ましたのだ」

「なれば、夜鴉《よがらす》でしょう。わたくしも、鳴き声を聞いたような気がいたします」

「夜鴉か」

勘兵衛は凶兆を感じとった。

夜鴉の別名は五位鷺である。帝から官位を与えられた逸話をもつ鳥だ。

かつて、万蔵は五位鷺と呼ばれていた。掏摸の手口が際立って巧妙なので、仲間内から敬意を籠《こ》めて綽名《あだな》されたのだ。

「父上、一刻ほどまえ、葺屋町の親分がお見えになりましたよ」

「ん、銀次が」

「なんでも、朱鞘の主がわかったとか」

「それをはやく言わぬか」

「多田の薬師さまの裏手に、金的屋《きんてきや》があるそうです」

「銀次は金的屋を張っておるのか」

「はい、父上にお伝えくださいとだけ仰いました」

「起こせばよいものを、余計な気を遣いおって」

　やおら立ちあがった途端、腰がふらついた。

「今から、お出かけですか」

「心配いたすな」

　綾乃に手伝わせて着替えを済ませ、大小を腰に差す。

　夜が明けるまでは、まだ一刻半はあろう。

「父上、ご無理をなされますな」

　綾乃の消え入りそうな声を背中で聞き、勘兵衛はひんやりとした風に鼻を差しだした。

五

眼病に効験ありとされる多田薬師は、北本所の東橋《あずまばし》手前にある。

薬師から水戸藩下屋敷は目と鼻のさき、大川を渡って対岸には奇しくも万蔵の住む黒船町があった。

銀次は手下の三平とともに、薬師裏の金的屋を張りこんでいた。

葦簀張りの小屋を想像したが、なかなかどうして、引手茶屋とも見紛うほど堂々としたつくりの楼閣である。

鯉四郎もすでに足をはこんでおり、眠い目を擦《こす》りながら木陰に身を寄せていた。

銀次が背中をまるめ、音もなく近づいてくる。

「旦那、お早いお着きで」

「皮肉を言うな」

「呑みすぎは、からだに毒ですぜ」

「おぬしは女房か」

「へへ、そうおもっていただいても結構でさ」

「勘弁しろ。ところで、下手人《ほし》の素姓はわかったか」

「へい、栗原数馬《くりはらかずま》という水戸藩の御小姓でやした」

「小姓か」

「色白の優男で、ほれぼれするような面立ちだとか」

水戸藩の歴代藩主は副将軍に任じられているため、ほとんど国元へは帰らず、平常は小石川の上屋敷で暮らしている。

銀次がざっくり調べたところでは、先のお国入りの際、栗原数馬は六代藩主治保《はるもり》に見初められた。永代橋西詰めでの凶事は、金井《かない》某《なにがし》なる小姓仲間ともども水戸から江戸表へ移ってきて早々の出来事であったという。

「栗原ってな、お殿さまのお手つきでやすよ」

なるほど、殿様の男色相手が市井の娘に凶刃を振るったとなれば、噂話に餓《かつ》えた巷間《こうかん》の連中にとっては恰好の餌になる。

はなしをまるくおさめるべく、御三家の馬廻り役が乗りだしてくるのもわからぬではない。殿様がわざわざ国元から呼びよせたほどのお気に入り、栗原数馬に罪をみとめさせるわけにもいかず、おいそれと腹を切らせるわけにもいかないのだろう。

一方、凶事の原因《もと》をつくった勤番侍三名は、御三卿田安《たやす》家の番士たちだった。水戸藩から内々に抗議がはいったためか、三名は任を解かれ、謹慎処分を受けているという。

さすが、すっぽんの銀次だけあって調べが早い。

「金的屋の女将はおつた、朱鞘を受けとった例の女でやした」

「ほう」

「あの女、ただものじゃありやせんぜ。水戸藩お抱えの間諜じゃねえかと、あっしは踏んでおりやす」

「で、栗原とかいう若僧は金的屋に匿《かくま》われておるのか」

「へい、そのようで」

大嶽徳之進の指示であろう。

が、なぜ、栗原を屋敷外へ留めおこうとするのか、理由は判然としない。

水戸藩も大嶽も正直なところ、過ちを犯した小姓をどうあつかうべきか迷っているのではないかと、勘兵衛は邪推した。

金的屋は板戸を頑なに閉めたまま、沈黙している。

「矢取女《やとりおんな》が美人揃いと評判でやしてね、見世はけっこうな繁盛ぶりとか」

「ふうん」

「旦那、ひとつ気になることがありやす」

「なんだ」

「本所廻りが、金的屋にちょくちょく顔を出すそうなんで」

「それは厄介だな」

本所廻りには北町と南町から与力一名と同心二名ずつが配され、本所深川一帯を管轄している。

本所吉田町には江戸最大の夜鷹会所があり、深川には七場所と呼ばれる岡場所がある。大きな利権の絡むところなので、不浄役人はその気になればいくらでも私腹を肥やすことができた。

それゆえ、本所廻りは縄張り意識が強く、定廻りや臨時廻りの介入を極度に嫌う。

勝手に金的屋へ踏みこめば、あとで揉め事になるのは予想できた。

勘兵衛としては、内輪揉めに余計な神経を使いたくない。

「どうしやす、門倉さまの御墨付きでもありゃ文句は言われねえんだが」

たしかに、吟味方与力の門倉角左衛門を後ろ盾にすれば、本所廻りの与力に口出しはできない。だが、水戸徳川家の家臣を捕縛したいと申しでても、門倉の立場では許可を与えづらいにきまっている。

「ここは焦らず、じっくりまいりやすか」

「そうだな」

　と吐きつつも、勘兵衛の胸には不安が過ぎっていた。

「銀次、夜鴉の鳴き声を聞かなかったか」

「へ」

「聞いておらねばよい」

「なんです、夜鴉ってな」

「夜鴉の別名は五位鷺だ」

「あ、万蔵のこってすね」

「万蔵は香具師を廃業したそうだ」

「え」

　勘の良い銀次は、すぐに合点した。

「あの野郎、やる気だな。旦那、そうとなりゃ、のんびりとしてもいられねえ」

「そういうことだな」

「夜が明けるめえに踏みこみやしょう」

「待て銀次、誰か来るぞ」

「お」

木陰から様子を窺っていると、月代を伸ばした三人組があらわれた。

あきらかに、風体は食いつめ浪人である。

三人は金的屋の正面へ大股で歩みよるや、黒覆面で悪相を隠し、たがいに目顔で頷《うなず》きあった。

横幅のある男が後ずさり、はっとばかりに土を蹴りあげる。

そのまま、猛然と右肩から突っこみ、板戸をぶちやぶった。

大音響とともに、濛々《もうもう》と粉塵《ふんじん》が舞いあがる。

浪人どもは抜刀し、口々に喚《わめ》きながら飛びこんでいった。

「長尾さま」

鯉四郎が鋭く叫んだ。

「よし、行くぞ」

勘兵衛ら四人の影が木陰から躍りだす。

と、そのとき。

浪人者のひとりが、藁《わら》人形のように弾きだされてきた。

左胸を妻白《つまじろ》の矢で射抜かれている。

――どん、どどん。

突如、太鼓の音色が響いた。

「当たありぃ」

嬉々とした女の声が聞こえてくる。

まっさきに、鯉四郎が踏みこんだ。

勘兵衛と銀次、最後に三平がつづいた。

粉塵がおさまると、内側の様子が次第にわかってきた。

土間にひとり、板の間にもひとり、黒覆面の男が転がっている。

いずれも胸を一刀のもとに斬りさげられ、すでに絶命していた。

「何用じゃ」

大柄の月代侍が吼えあげ、太い首を捻りかえす。

右手には、血の滴った大反りの刀を提げていた。

みおぼえがある。大嶽の右隣に控えていた男だ。

「おのれ、馬廻り役め」

鯉四郎が腰溜めに構え、大刀の柄に手を掛けた。

小野派一刀流の免許皆伝者だけに、刀の扱いには自信がある。

それと見抜いた相手は一歩退がり、本身を八相にもちあげた。

殺気が膨らみかけた瞬間。

「待て」

勘兵衛が割ってはいった。

「鯉四郎、控えよ」

「なれど、長尾さま」

納得のいかぬ様子の鯉四郎にむかって、勘兵衛は顎をしゃくった。

「あれをみろ」

真横へ七間ほど離れた暗がりに、ぽっと白い顔が浮かんだ。

大太鼓のかたわらで、島田髷の女が三尺足らずの楊弓《ようきゅう》を構えている。

番《つが》えた矢の先端は、鯉四郎の顳顬《こめかみ》にぴたりと照準を合わせていた。

「女将のおつただな」

「ええ、そうですよ」

勘兵衛に糺されても、おつたはいっこうに動じない。

「肩の力を抜け」

「そうはいきませんよ」

「なぜ」

「盗人どもを退治した途端、旦那方は踏みこんできた。盗人が板戸をぶちやぶっても、指を銜《くわ》えて眺めておられたのでしょう。だとしたら、形《なり》はお役人でも、こいつらの仲間も同然じゃござんせんか」

一理ある。

勘兵衛は鬢を掻き、にっと笑いかけた。

「まあ、許せ」

「ふん、莫迦らしい」

おつたは毒気を抜かれたように、楊弓を下ろした。

「こっちも頼む」

勘兵衛に促され、おつたは若い馬廻り役に命じた。

「伊吹《いぶき》さま、お刀をお納めなされ」

伊吹と呼ばれた男は表情も変えず、刀を下ろす。

仕切っているのは、おつたのほうだ。

「一石橋から猪牙を追ってきた旦那方ですね。いったい何のご用です」

銀次が右袖を捲《まく》り、眦を吊りあげた。

「とぼけるんじゃねえ。てめえが人殺しを匿ってんのはわかってんだよ」

「おや、聞き捨てならない台詞だねえ。何処の親分さんか存じませんけど、妙な言いがかりはやめておくれ。ここは本所、顔見知りの親分さんもいらっしゃいます。何なら、本所廻りの旦那方にも立ちあってもらいましょ」

小気味の良い啖《たん》呵《か》を切られ、銀次はうっと黙りこむ。

おつたは立て板に水のごとく喋《しゃべ》った。

「ああいやだ、血《ち》腥《なまぐさ》いったらありゃしない。とんちきなことを訊く暇があるんなら、屍骸を片づけていただけませんかねえ」

勘兵衛はあくまでも、にこやかな顔をくずさない。

「おつたさんよ、屍骸になった浪人どもも理由があって踏みこんできたはずだ。しかも、おまえさんたちは待ってましたと言わんばかりに、賊を返り討ちにしちまった。十手持ちの端くれとしちゃ、見過ごすわけにゃいかねえんだ。なにしろ、目のまえで三人の男が殺られちまったんだからな」

伊吹が焦《じ》れたように口をひらいた。

「おつたどの、この調子では埒《らち》があかぬ。大獄さまから然るべき措置をとってもらおう。こやつら、いちど警告したにもかかわらず、性懲《しょうこ》りもなく首を突っこみおって、御三家の力を甘くみるなよ」

そろそろ、退いたほうがよさそうだ。

「ご迷惑をおかけした」

勘兵衛は丁寧にお辞儀をし、不満顔の鯉四郎に声を掛けた。

「近くの番屋へ報せておけ。われわれの出る幕はなさそうだ」

「そんな」

「来るのだ、鯉四郎」

おつたが笑った。

「うふふ、そうさ、長居は無用だよ」

勘兵衛たちは塩を撒《ま》かれ、破れた板戸から外へ出た。

うっすらと明けそめたなかに、矢で射抜かれた男の屍骸が転がっている。

無論、三人の目的は物取りではなかった。

誰かに金で雇われ、栗原数馬を討ちにきたのだ。

ところが、おつたと伊吹は手ぐすねを引いて、刺客《しかく》を待ちかまえていた。

おそらく、雇った相手の正体を見切っているのだろう。

「莫迦なことをしやがって」

勘兵衛も鯉四郎も銀次も、娘を理不尽なかたちで失った父親の顔を浮かべていた。

二十有余年のあいだ、香具師稼業で貯めこんだ金をすべて叩《はた》き、万蔵は三人の刺客を雇ったのだ。

そして、ものの見事に失敗《しくじ》り、墓穴を掘った。

この瞬間から、万蔵は的に掛けられる運命におかれる。

守ってやりたくとも、勘兵衛にはどうすることもできない。

まるで、出口の見えぬ闇のなかへ、迷いこんでしまったかのようだった。

六

暦は秋分、祭りの喧噪は去った。

八幡宮の放生会《ほうじょうえ》もおこなわれ、数多《あまた》の雀や亀が空や川へ放たれた。

死者の冥福を祈る放生会に時を合わせたかのように、万蔵のすがたは消えた。

一方、勘兵衛は年番方与力の小此木監物より、直々の叱りを受けた。

香具師の娘が不慮の死を遂げた一件については解決済みゆえ、詮索におよばずとの主旨だが、然るべき筋から圧力を掛けられたことは想像に難くない。

朝、葺屋町の「福之湯」へ足をむけてみたものの、薊《あざみ》の隠居はあらわれなかった。

困ったときの神頼みではないが、こういうときにこそ、名奉行との誉れも高い根岸肥前守の見識を聞いてみたい気がした。

しかし、こたびばかりは、根岸も無言をつらぬくつもりらしい。

それならそれで、勘兵衛には年甲斐もなく、闘志のようなものが湧いてきた。

「ふふ、八方塞がりとはこのことだな」

今こそ、同心魂を発揮すべきときではないか。

午後になり、勘兵衛は永代橋を渡って深川の油堀へ足をむけた。

油問屋が軒をならべるなかに、めざす「美濃屋」はひときわ大きな屋根看板を掲げていた。かつて、おしのと深い仲になった若旦那の豊松《とよまつ》は立派な跡取りになり、今は稼業を任されている。

銀次の調べでは、ふたりの子があった。

四つの長女と産まれたばかりの長男である。

豊松は二年前、廻船問屋の娘を嫁に迎えた。四つの長女がおしのとのあいだに産まれた娘であることは、疑う余地のないことだ。

使用人の賄《まかな》い女に聞くと、娘の名はおちよというらしい。

「そりゃ可愛らしいお嬢ちゃまでしてねえ。福耳でいらっしゃるから美濃屋さんに福をもたらすとか、そりゃもう大旦那さまも大奥さまも、きっと初孫だからでしょうけど、目に入れても痛くないほど可愛がっておられますよ」

「それを聞いて安心した」

「ところで旦那、お嬢ちゃまとはどういう」

「偶《たま》さか、産まれた経緯を知っておったものでな」

賄い女は、途端に声をひそめた。

「噂じゃ盗人の娘に産ませた子だとか」

やはり、そうした良からぬ噂は秘かにひろまっているようだ。

おちよ本人が知れば、幼心に深い傷痕をつくってしまうにちがいない。

勘兵衛はお節介な賄い女にみちびかれ、油堀の露地裏へ歩をすすめた。

近所の子供たちが、歓声をあげて駈けまわっている。

「ほら、紅い振り袖の」

「おう、あれか」

「お嬢ちゃまですよ」

ひと目でわかった。

母親に似て色白の愛らしい娘だなと、勘兵衛はおもった。

「おちよ、おちよ、そろそろ帰っておいで」

そこへ、表通りのほうから、父親らしき若い男がやってきた。

「豊松か」

勘兵衛は賄い女に礼を言い、幼いおちよの背中を追った。

「ととさま」

おちよは勢いよく駈けだし、途中で石に躓《つまず》いて転んだ。

あっと叫んだ豊松が毛臑《けずね》を剝き、泣きじゃくる娘を助けおこす。

「泣くんじゃねえぞ、強い子は泣くんじゃねえ」

そうした微笑ましい光景を眺めながら、勘兵衛はゆっくり近づいていった。

豊松がこちらに気づき、おちよを胸に抱きよせながら軽く会釈してみせる。

「美濃屋の豊松さんだね」

「はい」

「娘は可愛い盛りだな」

勘兵衛は、にっこり笑いかけた。

「おめえさんとふたりで、じっくりはなしがしてえんだが」

「あ、はい……おちよ、ほら、おっかさんのところへおもどり」

「はあい」

豊松が小さな尻をぽんと叩くと、おちよは弾かれたように駈けていった。

「すまねえな。余計なことかもしれねえが、聞いてくれるかい」

「なんでしょう」

「あの娘の母親が亡くなっちまったんだ」

「え」

豊松は絶句し、眸子を瞠《みは》った。

「おしのが……おしのが死んじまったと」

「ああ、侍同士の喧嘩に割ってはいり、ばっさりやられた」

「そ……そんな」

豊松は、がくっと両膝をついた。

「物騒な世の中だ。香具師の娘が侍に斬られても、瓦版の情報《ネタ》にもなりゃしねえ。が、いずれはあんたの耳にも入ったはずだ、風の噂でおしのが死んだとな」

豊松は蒼白な顔で項垂《うなだ》れ、身じろぎもしない。

「おしのに未練があったのかい。無理もねえ、父親の万蔵が島帰りじゃなけりゃ、いっしよになっていたかもしれねえ女だものな」

「手前は……万蔵さんのことは、今でも何ともおもっちゃおりません」

「あんたの気持ちがそうでも、世間が許しちゃくれねえよ。自分を責めねえほうがいい、仕方のねえはなしだったのさ。それにしても、安心したぜ。万蔵の可愛い孫を、あんたらは継子《ままこ》扱いにしていねえ様子だ」

「おちよは、かけがえのない娘にございます」

「ああ、そうだろうともさ。おしのの忘れ形見になっちまったがな、あの娘が生きていてくれるかぎり、おめえとおしのの縁は切れねえ」

「は……はい」

「余計なことを喋っちまったな」

「いいえ、お教えいただき、感謝しております」

「喋っておいてこんなことを言うのもなんだが、嫁さんをでえじにしてくれや……それから、ひとつ頼みがある」

「はい、なんでしょう」

豊松は誠実を絵に描いたような男だった。

この男なら、きっと望みを叶えてくれるにちがいないと、勘兵衛は確信した。

夕刻、南茅場町の大番屋へもどると、鯉四郎が困惑顔で土間に立ちつくしていた。

固太りの同心と小狡《こずる》そうな岡っ引きに挟まれ、同心のほうに罵《ののし》られているのだ。

勘兵衛は関わりになるのを避け、くるっと踵《きびす》を返しかけた。

「逃げるな、うぽっぽ」

背中に怒声を浴びせられた。

声の主は南町本所廻り同心、宍戸《ししど》馨之介《けいのすけ》である。

勘兵衛と同年輩で性分は高慢、癖の強い男だ。

「うぽっぽ、おぬし、どういうつもりだ」

「どういうつもりとは」

「しらばっくれるんじゃねえ、金的屋のおつたを困らせたであろうが。松浦《まつうら》さまもかんかんだぞ」

松浦とは本所廻り与力、松浦左門《さもん》のことだ。

取締りは火盗改《かとうあらため》並みに厳しいといわれている反面、賄賂《まいない》が効く。本所深川における地廻り同士の利権争いを巧みに利用し、私腹を肥やしているとの風聞もある。

賄賂与力の威勢を笠に着ているのが、宍戸にほかならない。

「万蔵の娘が斬られた一件は、手仕舞いになったはずだぜ。なんで、おめえみてえなぼんくらが首を突っこむ」

「行きがかり上だよ」

「やっぱしな。おめえ、万蔵に肩入れしてんだろう。四度目に捕めえたときも温情を掛けたらしいじゃねえか。たっぷり礼でも貰ってんじゃねえのか」

「万蔵に縄を打ったのは、二十年もむかしのはなしだ」

「そいつを穿《ほじく》りだすのが、おれたちの仕事だろうが。なあ、文七《ぶんしち》」

「へい、旦那の仰るとおりで」

宍戸の腰巾着は、北本所を縄張りとする岡っ引きの文七である。「びんぞり」の異名で呼ばれるとおり、この四十男は両鬢を細長く剃《そ》っていた。

宍戸が頬を膨らました。

「うぽっぽ、おれたちは万蔵を捜している。理由は説明するまでもねえな。やつは食い詰め者を三人雇い、金的屋を襲わせた」

「証拠は」

「へへ、本人に聞きゃわかる。娘の仇討ちたあ泣かせるはなしじゃねえか。ただし、五度目に捕まったときゃ、やつも年貢の納めどきだぜ」

「そいつはどうかな」

「うぽっぽよ、それからなあ、小生意気な若僧をようく躾《しつ》けておけ」

宍戸は薄く笑い、鯉四郎に顎をしゃくった。

「他人様の庭で好き勝手なことをするんじゃねえとな。そうしたことを躾けるのが、臨時廻りの役目じゃねえのか、あん」

「そうかもな」

「けっ、あいかわらず、暖簾に腕押しだぜ。いいか、うぽっぽ、裏でこそこそやるんじゃねえぞ」

「ああ、わかったよ」

「ふん、わかりゃいいんだ、あばよ」

宍戸と文七は唾《つば》を吐くような勢いで、大番屋をあとにした。

「長尾さま」

鯉四郎が巨軀《きょく》をかたむけ、食ってかかろうとする。

「まあ、待て」

勘兵衛は、掌《てのひら》をひらりとあげた。

「相手にするな、言わせておけばよい」

「されど、こたびの一件を抛《ほう》ってはおけません」

「誰も抛るとは言うておらんぞ」

「はあ」

「裏でこそやりゃいいんだよ」

あっけらかんとした顔で吐くと、鯉四郎は毒気を抜かれたように黙った。

七

おしのの初七日にもかかわらず、万蔵は檀那寺にあらわれなかった。

それでも、万蔵の意向を汲んだ香具師の仲間たちによって、納骨法要はしめやかにおこなわれた。

一方、多田薬師裏の金的屋ではちょっとした珍事があった。

真夜中、銀次が張りこんでいると、修理したばかりの板戸をぶちやぶり、真っ裸の男が飛びだしてきたのだ。

ざんばら髪に無精髭、男は月にむかって「うおお」と吼えあげ、すぐに建物の内へ引っこんでいった。

野獣と化した男は、誰あろう、栗原数馬である。

長びく軟禁暮らしに嫌気が差し、狂人のごとく振るまってみせたのか。

あるいは、夜な夜なおしのの霊が枕に立ち、己《おのれ》のしでかした罪の重さに耐えきれなくなったのか。

理由は判然としないものの、栗原の心が変調をきたしていることだけは確かだった。

万蔵が消えた五日後、二十一日夜。

勘兵衛が鯉四郎と交替で金的屋を張りこんでいると、すっぽんの銀次が面を紅潮させてあらわれ、万蔵の所在を告げた。場所は黒船町にほど近い諏訪町《すわちょう》の裏長屋、万蔵と付きあいの深い香具師仲間のはなしなので信頼できるという。

諏訪町といえば大川を渡った対岸だが、東橋まですこしさかのぼり、花形の渡しから猪牙を使わねばならない。

往復に掛かる時間は一刻と、勘兵衛は見積もった。

鯉四郎は家へ帰してしまったが、金的屋の見張りには三平をのこし、さっそく銀次ともども出向いてみる。

すると、先客が待ちかまえていた。

「なんだ、またおめえか」

本所廻りの宍戸馨之介である。

宍戸ばかりか、水戸藩の連中もいる。

大嶽徳之進を筆頭に伊吹ともうひとりの若い男、馬廻り役が勢揃いした恰好だ。

しかも、大嶽は宍戸と何やら親しげに会話を交わしていた。

かなり以前から、利害を分かちあう間柄なのだろう。

宍戸の顔が狸《たぬき》か狐のようにみえる。

へらついた調子で近づいてきたのは、びんぞりの文七だった。

「うぽっぽの旦那、長屋は蛻《もぬけ》の殻ですぜ。へへ、万蔵の野郎に一杯食わされたんでさ」

「くそったれ」

銀次が悪態を吐いた。

文七とは馬が合わない。

「やめとけ銀次、こんなところで喧嘩をおっぱじめても仕方ねえ」

「へえ」

「行くぞ、もうここに用はない」

勘兵衛は袖をひるがえした。

「おうい、うぽっぽ、何処へ行く」

　宍戸の呼びかけを無視すると、罵声《ばせい》を浴びせかけられた。

「この溝鼠《どぶねずみ》野郎、あとではなしをつけてやるかんな」

　大嶽たちの殺気を感じ、背筋に寒気が走った。

　それでも、後ろをみずに歩みつづける。

　さきほどから、胸騒ぎがしていた。

　一刻も早く、金的屋へとって返さねばならない。

　胸騒ぎは、凶事に変わっていた。

　木陰から飛びだしてきた三平は、寒くもないのに震えている。

「三平、何があった」

　銀次に糺されても、平目顔の手下は首を横に振るだけだ。

　金的屋の板戸は壊され、内側から灯りが洩れている。

　鯉四郎は着物の裾をからげ、板戸の割れ目へ身を差しいれた。

「うっ」

　異臭に鼻をつかれた。

　広い板間のまんなかで、ざんばら髪の全裸男が仰向けに斃《たお》れている。

「栗原数馬じゃねえか」

銀次が背中で叫んだ。

栗原の左胸には、矢が突きたっている。

「ひぇっ、死んでる」

死体はひとつではなかった。

七間ほどむこうに的が三つ並び、脇に大太鼓が据えてある。

その大太鼓に背を凭《もた》れ、女が双眸を瞠ったまま死んでいた。

「おったか」

左手に楊弓を持ち、血溜まりのなかに座っている。

致命傷となった傷は一目瞭然、咽喉《のど》に村正が深々と刺さっていた。

「旦那、こいつは二度やれといっても、できそうにねえ死に方ですぜ」

「ああ、そうだな」

七間の間合いで対峙した男女が、刀と矢を同時に放った。

それがいずれも急所に当たり、ふたりは斃死《へいし》した恰好だ。

勘兵衛は壁に掛かった手燭《てしょく》を取り、屍骸と周辺を嘗《な》めるように調べはじめた。

「銀次、人というものは、そう都合良く死ねるものではないぞ」

「やっぱ、そうでやすか」

「男の屍骸をみてみろ、心ノ臓を射抜かれたにしても、肌に付いた血の量がやたらに多すぎやしねえか」

「言われてみりゃ、そうだな」

「こいつは返り血だ、栗原は村正を振りまわし、大太鼓の正面でおつたを刺した。そのとき、返り血を浴びたのさ」

「するってえと、栗原は串刺しにした相手に射抜かれたってことですかい」

「矢の深さからすれば、間合いは三間と離れておらぬ。無論、射抜いたのは死人ではないぞ」

銀次は目を剝いた。

「ってことは……万蔵」

「おそらくな」

草叢《くさむら》に隠れて息をひそめ、ひたすら、この機を窺っていたにちがいない。

「板間を調べてみれば、屍骸を引きずった痕跡があるはずだ」

半狂乱になった栗原は自分を匿ってくれたおつたを殺り、そこへ一瞬遅れて踏みこんだ万蔵の餌食になった。万蔵は咄嗟《とっさ》に、おつたの左手へ弓を握らせた。

そうやって小細工をほどこしたのではないかと、勘兵衛は筋を描く。

「こら、三平」

と、銀次が怒鳴りあげた。

「てめえ、何してた」

「へ」

「へ、じゃわからねえ」

「すんません、木の根を枕に寝てやした」

「悲鳴ひとつ聞かなかったのか」

「まったく」

「このど阿呆」

「銀次、そのくらいにしておけ」

勘兵衛は吐きすて、栗原の屍骸を調べはじめた。

銀次が十手で肩を叩きながら、身を寄せてくる。

「旦那、どうします」

「はあて、どうするかな」

「このまま抛っておいたら、本所の連中に勘づかれやすぜ」

「勘づいても、深追いするとはかぎらんさ」

「どういうこってす」

「宍戸たちは、水戸の連中の顔色をみながら動いている。大嶽徳之進が断をくだせば、万蔵捜しは打ちどめになるだろう」

「あの偉そうな馬廻り役が、簡単にあきらめやすかね」

「たぶんな。これ以上、厄介事に関わりたくはなかろうさ」

「なるほど」

銀次は一拍間をあけ、言いにくそうに訊ねてきた。

「だったら、旦那はどうなんです」

「ん、どうとは」

「万蔵を、追うんですかい」

ふうっと、勘兵衛は溜息を吐いた。

「どんな事情があろうとも、殺しの下手人を追うのが十手持ちの使命だ。銀次よ、ちがうか」

酸《す》いも甘いもかみ分けている岡っ引きの顔が、途端に暗くなった。

町人の侍殺しは磔《はりつけ》のうえ獄門、死に首は小塚原《こづかっぱら》の刑場に晒《さら》される。

「とどのつまり、それが万蔵の運命ってことか」

投げやりな口調で吐きだされた銀次の台詞を、勘兵衛は聞きながした。

八

男は右足を引きずりながら絶望の縁を彷徨《さまよ》い、己も常世《とこよ》へ逝きたいと願った。

が、死ぬまえにどうしてもひとつだけ、やり遂げねばならないことがあった。

理不尽な死にざまを晒した娘のために、仇を討たねば死んでも死にきれない。

そうした想いを遂げたのち、男は脱け殻のように市中を徘徊《はいかい》しつづけた。最後にたどりついたさきが浅草新堀端の浄念寺《じょうねんじ》、女房と娘が眠る檀那寺であった。

彼岸も終わりになると、風はいっそう秋らしくなってくる。

浄念寺の境内には、淡い紅紫の萩が咲きほころんでいた。

早朝の清々《すがすが》しい空気を、胸腔《むね》いっぱいに吸いこむ。

甃《いしだたみ》をゆっくり歩みながら、勘兵衛は本堂の甍《いらか》を仰ぎみた。

鱗雲《うろこぐも》に覆われた秋空を背景に、可憐な花模様の天蓋がはためいている。

「木槿の花ですね」

と、鯉四郎が背後で囁いた。

十九で死んだおしのの振り袖は、見事な天蓋に仕立てなおされた。

それを数日、本堂の高みへ飾ってはくれまいかと、勘兵衛は住職に頼みこんだ。

柔和な住職は理由を訊こうともせず、願い事を叶えてくれた。

おしのは今、母親といっしょに眠っている。

墓地のほうへまわってみると、ひとりの男がおなじ天蓋を仰いでいた。

「万蔵」

鯉四郎が足を止めた。

勘兵衛は足を止めず、ゆったり男のほうへ近づいていく。

「旦那」

万蔵が、死んだ魚のような目をむけた。

「どうした、万蔵」

「おれは……おれはもう、この世におもいのこすことはねえ」

「そうかい」

「あれは……あの天蓋は、旦那がやってくだすったんですかい」

「おれじゃねえよ、住職のおもいやりさ」

「ありがてえこったな」

万蔵の声に力はない。

もはや一刻も早く、この世の苦しみから逃れたい様子だった。

「万蔵よ、おぼえているか、二十年もめえのはなしだ。おれはおめえに言った、五度目はねえぞってな」

「おぼえておりやすとも。一分金一枚盗んでもつぎは打ち首だって、旦那はそう仰った。おれはあんとき、何て莫迦なことを仰るお方だろうと、正直、腹んなかで笑ったんでさ。八丈島に送られりゃ、一生帰ってこられるわけはねえ。なのに、このお役人はおれのことをまた捕まえようとしているってね、へへ、おれはあんとき、人生をあきらめかけたんです。ところが、何の因果か、娑婆へもどることができた。おれはそんとき、旦那の仰った言葉の意味がようやくわかったんでさ、人生、あきらめちゃいけねえ、どんなことがあっても生きぬくってことがでえじだってね。そいつをおれは……おしののやつにも言いつづけてきたんです」

「そうかい、おしのにもなあ」

「でも旦那、おしのはもういねえ。あっしにゃ生きる意味がなくなっちまったんです。おわかりでしょう。あっしを獄門台へでも何処へでも、おくってやってくだせえ」

「まあ、待て」

「なにを待つって仰るんです」

「おめえも知っているはずだ、おしのは女の子を産んでいた」

「え」

「名はおちよといってなあ、そりゃ可愛らしい娘だぜ。おめえにとっちゃ初孫よ、逢いたかねえのか」

「そりゃ……逢いてえよ」

「だろう」

「逢いてえにきまっておりまさ。でもね旦那、世のなかにゃできることとできねえことがある」

「そうかい、ほんじゃ、あれをみな」

勘兵衛が顎をしゃくったさきから、幼子が父親に手を引かれてやってきた。

万蔵は身構え、金縛りにあったように動かない。

「彼岸の中日から今日で三日目、毎朝、ああして花を手向けに来るんだ。おれが頼んだわけじゃねえ」

豊松に手を引かれたおちよは、五弁の白い花びらの根もとが薄紅色に暈けた花束を抱えている。

「あれは」

「木槿だよ、朝に咲いて夕には萎む、ゆうかげ草さ」

「ゆ……ゆうかげ草」

万蔵の顎がわなわな震えだす。

萩が咲けば杜鵑《ほととぎす》は鳴きやみ、散れば常世から雁《かり》の群れが竿になってやってくる。

豊松は秋の彼岸には毎年かならず、おしのの墓参りにきてくれると約束してくれた。

美濃屋の老夫婦と嫁を説得し、今は何も知らずに従いてくる幼いおちよにも、いずれは真実を告げるつもりだという。

「万蔵よ、美濃屋の旦那がそうやって約束してくだすったんだぜ。おめえが刑場の露と消えりゃ、せっかくの好意も台無しになる」

「だ、旦那」

「もういっぺん生きてみな。生きてさえいりゃ、孫を抱く日が来るかもしれねえ」

「う……うう」

万蔵はその場に蹲《うずくま》った。

本堂の高みでは、木槿の天蓋が風にはためいている。
墓石に近づくおちよとの間合いは、そう簡単に縮まるものではない。
ただ、いつか必ず、生きていてよかったとおもえる日がやってくる。
そう、勘兵衛は確信していた。

霧しぐれ

一

雨に濡れながら逃げる女をみた。

殺しのあった晩のことだ。

神田上水の関口にある芭蕉庵《ばしょうあん》脇、胸突坂《むなつきざか》の左右には大名屋敷の海鼠塀《なまこべい》が聳《そび》えたち、迎え火のような篝火《かがりび》が急勾配の高みにむかって点々とつづいていた。

「そういえば、目白不動の時の鐘が捨て鐘を打っておったな」

「亥ノ正刻でやすね」

「ふむ、町木戸の閉まる頃合いだ。女がひとりで出歩くには遅すぎる」

「それで、旦那は追いかけようとしなすった」

「なにせ、坂の中途にほとけが転がっていたのだからな。ところがどっこい、そこは胸突八丁の急坂よ。十間ほど駈けたら、脹《ふく》ら脛《はぎ》が攣《つ》っちまった」

女は急坂を登りきり、ふと、振りかえった。

「御高祖頭巾《おこそずきん》をかぶっておった、顔の白い女だ」

「武家の女ですかい」

「物腰から推すとそうかもしれぬ」

「みりゃわかりやすか」

「自信はないな」

女はすぐさま、深い闇に溶けこんでしまった。

殺されたほとけの素姓は、ほどもなく判明した。

音羽《おとわ》七丁目の腕ずく長屋を仕切る弥平《やへい》、阿漕《あこぎ》な手管で知られる遊女屋の元締めだ。

「旦那はどうしてまた、殺しと断じなすったので。だいいち、ほとけのからだにゃ傷ひとつなかったんでやしょう」

勘兵衛は殺しにまちがいないと直感した。

ただ、どうやって殺したのか、手口は皆目わからない。

そこで、間借り人の仁徳に検屍を依頼したところ、毒物による殺害にほぼまちがいないとの所見を得た。強い痙攣《けいれん》を引きおこして人を死にいたらしめる猛毒である疑いが濃いという。

「坂の中途で毒を盛られたってわけですかい、そいつは妙だな」

「ああ、妙なはなしさ」

女が闇に消えた途端、雨脚はいっそう強くなった。

「ざっと降ってはすぐに休む時雨《しぐれ》のような霧雨《きりさめ》だ、おかげで足許を照らす迎え火はぜんぶ消えちまった」

やがて雨は休み、生暖かい風が吹きぬけた。

「道に迷った亡者の霊が、坂のそこいらじゅうに彷徨《うろつ》いておったぞ」

「旦那、冗談は言いっこなしだ」

「幽霊が恐いのか」

「と、とんでもねえ」

「おぬしも知ってのとおり、あの坂は水神社の大銀杏《おおいちょう》と芭蕉庵の竹林に覆われている、昼でも薄暗いところだ。ふふ、亡者どもが居つくにはもってこいのところさ」

「好い加減、やめてくだせえよ」

「恐がりだなあ、おぬしも」

「それよか旦那、弥平の足はどっちへむいておりやしたか」

「どっちとは」

「坂を登って音羽へ帰《け》えるとこだったのか、それとも、坂を下りて何処かへむかうとこだったのか」

「音羽への帰り道にわざわざあの急坂は登らぬ、坂を下っていたのではないかな」

「夜中にたったひとりで、何処かへむかう途中だった」

「そうかもな」

「ほとけは仰向けに死んでおりやしたかい」

「ああ、そうだ。ひっくりかえしたら、地べたも雨に濡れておったわ」

「するってえと、弥平が死んだなあ、雨が降ったあとってことになりやすね」

「ふむ、雨は戌の五つ半過ぎに降りだした。弥平が死んでから、まだ小半刻も経っちゃいなかったのさ」

「御高祖頭巾の女が、ますます怪しいってわけか」

「だから、おぬしに調べてほしいのよ」

ぷちっと、勘兵衛は足の肉刺《まめ》を潰《つぶ》した。

銀次はさりげなく目を逸らし、雨に濡れた庭木を眺めた。

「そろそろ、枝を揃えやすか」

頑固な十手持ちは気を利かせ、庭木の剪定《せんてい》やら草取りをしていく。長尾家にとっては重宝な男だ。

銀次によれば、岡っ引きが「これぞ」とおもう同心を選ぶ基準は、おおむね、ふたつあるという。ひとつは袖の下を貰うのが誰よりも上手いこと、もうひとつは無闇に威張りちらさず、むしろ暢気《のんき》な役立たずであること。

自分は二番目の理由だろうなと、勘兵衛はおもった。

が、銀次に選ばれた理由は、ふたつのうちのどちらでもなかった。

「旦那といっしょにいると日だまりに寝そべっているようで、なんとなく居心地が良いんでさ」

ただ、それだけのことらしい。

「よく降りやがる」

銀次がこぼすとおり、重陽《ちょうよう》の節句を過ぎて、袷《あわせ》から綿入れへ衣更《ころもが》えを済ませたあたりから、時雨れる日が多くなった。

今宵は十三夜、綾乃のつけた燗酒《かんざけ》でも飲《や》りながら後《のち》の月を愛《め》でようとおもったが、ささやかな望みは叶えられそうにない。

鬱々《うつうつ》とした気分が、朽ち葉のように堆積していくだけだ。

「ほんじゃ旦那、あっしはこれで」

「もう行くのか」

「へい」

「番傘をもってゆけ」

「いりやせんぜ。雨に濡れるのを嫌がってるようじゃ、へへ、江戸者じゃござんせんや」

銀次は不敵に鼻を鳴らし、尻端折《しりっぱしょ》りで駈けさった。

そういえば。

死んだ弥平もたしか、傘を差してはいなかった。

濡れるにまかせ、坂道を下っていたにちがいない。

雨に烟《けむ》る胸突坂の情景を描きつつ、勘兵衛は足の肉刺をまたひとつ潰した。

二

芝神明の秋祭りは、長月《ながつき》十一日から二十一日まで十一日間もつづく。

ゆえに「だらだら祭り」の異称で呼ばれ、神明門前から日影町へいたる大路には露店が軒をつらねる。露店では谷中の生姜《しょうが》が売られるので「生姜祭り」とも、長雨の時期なので「目腐《めぐさ》れ市」とも呼ばれた。

中日の十六日、神明門前は一段と賑《にぎ》やかになる。

雨のなかを赤ら顔で闊歩《かっぽ》しているのは、甘酒を振るまわれた男衆だ。

長屋の女房連中は泥の付いた生姜を手にし、派手な着物を纏《まと》った町娘たちは豆入りの千《ち》木箱《ぎばこ》を提げている。

千木箱は社殿を覆う屋根の余り材でこしらえた小判なりの曲げ物、振るとからから音がする。箱に描かれた藤の花が人気の秘密らしく、箪笥《たんす》に入れておけば衣裳持ちになるともいわれていた。

「神明の秋に咲いたは藤の花、か」

風雅な句を口ずさむのは、おなじ臨時廻りの山田多聞である。

「長尾氏、一日が長いのう」

「まったくですな」

「年のせいであろうか」

「はは、それもありましょう」

「暮れ六つまで、あとどれほどかな」

「一刻余りかと」

「どうりで、ちと小腹が空いてきた」

「どうぞ、蕎麦《そば》でも入れてきなされ」

「よろしいのか」

「構いませぬよ」

山田は風鈴蕎麦の屋台へ歩みかけ、くるっと踵《きびす》をかえした。

「やはり、やめておこう」

「どうなされた」

「人目もござる。臨時廻りは蕎麦ばかり食っておる、なぞと訴えられても詰まらぬ」

「訴えるものなど、おらんでしょう。よいではありませんか、蕎麦の一杯くらい」

「蕎麦一杯が命取りにならぬともかぎらぬ、われわれ臨時廻りはいつお暇を頂戴しても文句の言えぬ立場、常日頃より心せねば」

「それはそうですが」

「長尾氏、貴公には夢がおありか」

「はあ」

「拙者は楽隠居したい。盆栽いじりに一人旅、深川のはずれあたりに妾を囲い、日の高いうちから酒を呑む。そうしたささやかな夢がござってな、夢を叶えるには一年でも長く廻り方をつとめ、袖の下をせっせと貯めこまねばならぬのよ。ここで御役御免にでもなれば楽隠居は水の泡、それゆえ、外で下手なことはできぬ」

小心者めと、勘兵衛は胸の裡《うち》で叫んだ。

「長尾氏、ここだけのはなしだが、聞いてもらえようか」

「なんでしょう」

「お恥ずかしいはなし、拙者はとある女に惚れたのじゃ」

「へえ」

「魔がさしたというやつでの。ご存じのとおり、拙者には妻子がござる。上の娘は嫁ぎ、下の娘の嫁ぎ先も決まった。家のなかは女ばかり、拙者はそもそも婿養子ゆえ、どうでもよいような扱いを受けてまいったが、妻子は妻子、捨てられぬ」

「あたりまえでしょう」

「いっそ、拙者を捨ててほしいとおもうこともござった。が、そうもいかなんだ。女に惚れたと申しあげたが、じつのところ、自分でもようわからぬ」

「惚れたかどうか、わからぬと」

「さよう、寂しさを紛らわすだけの道具なのかもしれぬ。なれど、この道具、容易に手放すことができぬ。このごろでは道具のために生きてみようかなぞと、うっかり考えてしまう始末、可笑《おか》しゅうござるか」

「いっこうに」

「顔が笑うておるようだが」

「地顔にござる」

勘兵衛はそれ以上相手にせず、露店の見廻りにもどっていった。

祭りに喧嘩はつきものなので、南町からも廻り方が駆りだされたのだ。年寄りの臨時廻りは暮れ六つまで、それ以降、夜間の当番は若い定廻りが引きつぐ段取りになっている。

そもそも、本日の当番は山田ひとりであった。

勘兵衛は山田に頼まれ、こうして付きあっている。

付きあわされた理由は、はっきりと聞かされていない。

どうせ、暇つぶしに話し相手が欲しいといった程度のことだろう。

このところ、山田には迷惑の掛けられどおしだった。

胸突坂の一件もそうだ。

本来は山田が夜廻りにむかうべきところを「どうしても抜けられぬ用事がござる」と懇願され、交替してやった。人の良いところをみせたばっかりに、勘兵衛は厄介事に巻きこまれてしまったのだ。

　そうした経緯はどこ吹く風、山田は暢気な顔で喋《しゃべ》りはじめた。

「長尾氏、すぐそこの四辻《よつつじ》に太閤庵《たいこうあん》という油見世があるのをご存じか」

「屋号だけは知っておりますが」

「土産に伽羅《きゃら》の鬢《びん》付け油が好まれておるらしい。伽羅の鬢付け油といえば太閤庵、さように書かれた引き札もござってな」

「ほう」

「無論、妻子になぞ買《こ》うてやるものか」

　惚れた女にでも買ってやるのだろう。

「太閤庵の主人は藤吉《とうきち》と申す。見掛けはただの商人だが、じつは事情《わけ》ありの男と一部では囁《ささや》かれてござる」

「事情ありの男」

「懸巣《かけす》小僧はご存じか」

「十年ほどまえ、江戸を騒がせた盗人一味でしたかな」

「さよう、懸巣はじゃーじゃーと意地汚く鳴きよる。どんぐりを地中に貯め、あとで掘り出して食べる習性がござってな」

おなじように、盗人たちもほとぼりがさめるまで、盗んだ金を使わずに何処かへ蓄えておく習性があった。ゆえに、懸巣小僧という呼び名がついたらしい。

「たしか、一味の主立ったものは縄を打たれ、磔《はりつけ》になりましたな。おもいだしましたぞ、捕まえたのは誰あろう、山田どのではござらぬか」

「さよう、三十有余年も廻り方をつとめ、あれが唯一の手柄であった」

遠い目をする山田の企図が、勘兵衛にはよくわからない。

「して、懸巣小僧と太閤庵の主人に何の関わりが」

「じつは十年前、拙者は肝心の首魁《しゅかい》を取りにがしてしもうた。気懸かりで夜も眠れず、人知れず行方を追っていたのでござる。そうしたおりもおり、太閤庵の主人が懸巣の首魁ではないかというはなしを耳に」

「それはまた、千載一遇の機会到来ですな」

「いやいや、まだ裏をとったわけではない」

「動かれるのですか」

「ふむ、隠密裡に」

単独行動は危険だと言いかけ、勘兵衛は口を噤《つぐ》んだ。

厄介事に巻きこまれたくない、という心理がはたらいたのだ。

「正直、拙者は誰かに手柄を横取りされたくはない。長尾氏はその心配がないゆえ、喋ったまでのこと。うぽっぽなどと小莫迦《こばか》にされておるが、拙者はひそかに貴公の力量を買っておる」

「それは恐縮です」

「拙者にまんがいちのことがあったら、貴公だけが頼りでござる」

頼られても困る。手柄を譲るといわれても、断るつもりだ。

それに気のせいか、山田には死臭のようなものが漾《ただよ》っている。

「長尾氏、新川河岸に貴公の隠れ家があるそうな」

「誰がさようなことを」

「ふふ、楽しい噂はかならず拙者の耳にはいってくる。店の名はたしか浮瀬《うかむせ》、小粋な屋号ではござらぬか。しかも、女将《おかみ》はたいそうな美人とか。長尾氏は奥方がおられぬわけだし、羨《うらや》ましいのう」

「何を仰《おっしゃ》いますやら」

「まんざらでもなさそうにみえる」

「先様《さきさま》にその気はござりますまい」

「はて、それを見極めたい気もいたす。長尾氏、どうであろう、今宵あたり連れていってはもらえまいか」

「今晩はちと用事がござる」

「なれば明日は」

「明晩もちと」

「ふうむ、いつならばよろしい」

「いずれ、お連れいたしましょう」

「いずれと幽霊には遭《お》うたことがないと、ひとは言う。なれど、かならず連れていってもらいますぞ」

「はあ」

　生返事をしながらも、勘兵衛は鬢付け油のことを考えていた。

　胸突坂で弥平の遺体をみつけたとき、仄《ほの》かに芳しい匂いを嗅《か》いだような気がする。

　今にしておもえば、あれは伽羅であったやもしれぬ。

　厄介事には巻きこまれたくないが、同心魂を抑えることはできない。

　勘兵衛は喋り好きな山田から逃れ、わざわざ遠まわりをして太閤庵へむかった。

三

太閤庵は大仰な屋号のとおり、派手やかな屋根看板を掲げた大店だった。

間口のひろい敷居を跨《また》ぐと、さっそく、目端の利く手代が応対にあらわれた。

「これはこれは、お役人さま。本日は何のご用で」

「主人はおられるか」

「藤吉にござりますね、ええっと」

「案ずるな、私用だ」

「へえ、すこしお待ちを」

手代は縮こまったまま、奥へ引っこんだ。

敷居を跨いだ瞬間から、平常に物品を商う店とはちがう、どこか張りつめた空気を感じている。

上がり框《かまち》に斜め座りで待っていると、しばらくして、痩せたひょろ長い四十男があらわれた。

目つきの鋭い男だ。

茶がかった着物の裾をたたみ、にこりともせずに発してみせる。

「手前が太閤庵の主人、藤吉にございます」

ずいぶん嗄《しわが》れた声だ。まさに、懸巣である。

「おう、忙しいのにすまぬな」

勘兵衛は微笑みながらも、じっと藤吉を観察した。

浅黒く彫りの深い顔、落ちつきはらった物腰に油断のない眼差し、黒々とした髪を鬢付け油で照からせてはいるが、商人というよりも河岸の荒くれどもを仕切る親方のようだ。

山田が指摘したとおり、群盗の首魁かもしれぬと、勘兵衛はおもった。

「して、お役人さま、ご用件は」

「鬢付け油を所望したい。ご主人お薦めの品を教えてはもらえまいか」

「それなら、旦那に相応《ふさわ》しいものがございますよ」

藤吉は力を抜き、片頬で笑った。

「いいや、わしではないのだ」

「奥方さまですか」

「それもちがう、じつは娘にな」

「なるほど、おいくつでいらっしゃる」

「二十二だ」

「それはそれは、咲きほころんだ花にございますな」

「どうだか」

「二十二のお嬢さまなれば、やはり、伽羅がよろしいかと。松竹梅、よりどりみどりござりまするが、いかがいたしましょう」

「梅でよい」

「旦那、それではお嬢さまがお気の毒です」

「そうかな」

「ようございます」

藤吉は、ぽんと胸を叩く。

「梅の値で松の品をご進呈いたしましょう」

「まことか、それはありがたい。値はいかほどだ」

勘兵衛は、懐中から財布を取りだした。

すかさず、藤吉の声がかぶさってくる。

「半升で金三両にございます」

「なに」

入れ歯を塡《は》めていたら、飛びだしていたところだ。

鬢付け油はみな半升売りで、竹は五両、松は十両もするという。

高額すぎて庶民には手が出ない。それでも、常連客は大勢いるらしい。

「八丁堀の旦那方にも、ご贔屓《ひいき》にしてもらっておりますよ」

「ふうん、ちなみに、臨時廻りの山田多聞という名に聞きおぼえは」

咄嗟《とっさ》に切りかえすと、一瞬の間があった。

「山田多聞さま……はて」

と、藤吉は首を捻る。

知っておるようだなと、勘兵衛は察した。

十年前、山田は懸巣の仲間を捕縛した。一味の首魁ならば、因縁のある名を忘れるわけがない。

「お役人さま、その山田さまと仰るお方が、どうかなされましたか」

「いや、たいしたはなしではない。山田どのにもおなじ年恰好の娘がおるものでな、もしや、店の常連ではあるまいかとおもうたまで」

苦しまぎれの言い訳を、藤吉はじっと聞いている。

勘兵衛は、ころっと話題を変えた。

「ご主人、たしか三年前までは、ここに油見世はなかったように記憶しておるが」

「仰せのとおりにござります。ちょうど三年前、近江《おうみ》から出てまいりました」

「近江から」

「へえ、行商で稼いだ金を元手に江戸で店をもとうと」

「それは殊勝な心掛けだ」

「博打《ばくち》のようなものですよ」

「だが、おまえさんは博打に勝った」

「ええ、まあ。ご贔屓のお旦那衆があるお陰で、何とかやっております」

どうせ、ほとぼりがさめるまで使わずに貯めこんでいた盗み金を、元手にしたのであろう。

咽喉《のど》もとまで出かかった台詞を、勘兵衛は呑みこんだ。

怪しいには怪しいが、懸巣小僧と結びつけるだけの根拠はない。

山田の勇み足かもしれず、考えてみれば、太閤庵だけが伽羅の鬢付け油を商っているわけではないのだ。

勘兵衛はそれ以上、追及するのをやめた。

とりあえず今日のところは、藤吉の顔をみられただけでもよしとしよう。

「三両、五両の品が飛ぶように売れるとはな、よほど中身の質が良いとみえる」

「自信はござりますよ」

藤吉は鋭い目つきのまま、愛想笑いを泛《うか》べた。

「旦那、三両で松を、いかがなされます」

「ふうむ、ちと出直してきたほうがよさそうだな」

「もちあわせがおありでなければ、お貸ししときますよ。お支払いは出世払いで結構にござります」

「それは皮肉か。ご覧のとおり、あと数年で隠居の身ぞ」

「お役人さまなれば、これからもお手柄を立てられましょう」

「なぜ、裏付けのないことを申す」

「裏付けはござります」

「何処に」

「お顔に」

「顔」

「はい、手前は人相見をいたします」

「変わった男だな」

「眉間《みけん》の黒子《ほくろ》、それは地紋なれば大器晩成の相にて、お役人さまはこれより大金を摑《つか》み、上手くすれば、悠々自適の後半生をお過ごしになられることでしょう」

「ほほう、嬉しいことを抜かす」

「ただし、女が絡みます」

「女」

「はい、お役人さまが一線を越えるか否か、女に決断を迫られるやに相違ございませぬ」

何やら意味深長な予見を吐き、藤吉は鬢付け油の瓶を取りだした。

「どうぞ、これに松が」

「ありがとうよ。だが、今日のところは結構だ」

「それは、残念ですな」

「いずれまた、寄らしてもらうぜ」

「いずれと幽霊には遭うたことがないと、よく申しますよ、くくく」

山田とおなじ台詞を吐き、藤吉は鳥が囀《さえず》るように笑った。

四

七日経った。

伽羅の鬢付け油を購入することもなければ、太閤庵の敷居を跨ぐ気にもならなかった。

嗄れた声の藤吉と殺しの現場で嗅いだ伽羅の匂いとの繋《つな》がりは、どうも浮かんできそうにない。一方、山田多聞とは南茅場町の大番屋で毎日のように顔を合わせたが、幸いにも、おふうの店へ連れていけと迫られることもなかった。

勘兵衛は銀次と音羽まで足を延ばし、露地裏の一膳飯屋で昼餉《ひるげ》をとっている。

おかずは焼いた鰯《いわし》に茄子《なす》の糠漬《ぬかづ》け、銀次は蜆《しじみ》の味噌汁を頼んで丼飯をかっこんだが、勘兵衛は白米のかわりに燗酒を嘗《な》めていた。

今夜は二十三夜の月待ちである。

子《ね》ノ刻に昇る真夜中の月を拝めば、願い事は何でも叶うという。

鬱陶しい胸突坂の一件から、一刻も早く解放されたい。

さしずめ、いま願うとすれば、それであろう。

だが、今日も朝から降ったり休んだりのぐずついた空模様だ。

「旦那、今夜も月は拝めそうにありやせんぜ」

「そうだな」

車力や軽子が頻繁に出入りするので、飯屋のなかは騒々しい。

かえってそれが、御用向きの会話を交わすには好都合だった。

音羽は一丁目から九丁目まである。護国寺門前より神田川の関口にむかって一直線の大路がつづく。

五丁目と七丁目の界隈は江戸でも有名な岡場所で、表通りには値のはりそうな料理茶屋が立ちならぶものの、日の射さない裏通りには局《つぼね》長屋や四六《しろく》見世がびっしり張りついていた。深川と張りあうかのように、呼出の検番芸者を揃えた置屋《おきや》もちらほら見受けられたが、芸者の格はあきらかに落ちる。

銀次は番茶で口を漱《すす》ぎ、ごくんと呑んだ。

「座敷持ちは六百文、廻り女郎は百文、そいつが腕ずく長屋の相場でさあ」

七丁目の腕ずく長屋は、弥平という元締めを失っても、女たちは以前と変わりなく商売をつづけていた。

「弥平の右腕だった丈太郎《じょうたろう》という野郎が、ちゃっかり仕切っておりやす」

丈太郎は元廻り髪結いで、裏事情にも通じている。弥平にとっては重宝な男だったらしい。

「弥平が死に、丈太郎は得をしたわけだな。裏はとったのか」

「へい、殺しのあった晩、客と女のあいだで小競りあいがありやしてね、丈太郎はその件で番屋へ呼ばれ、一晩中《よっぴて》絞られてやした」

「すると、丈太郎に弥平を殺《や》ることはできなかった」

「そういうこってす」

刺客《しかく》を雇ったとも考えられるが、証し立ては難しい。

「ところで、御高祖頭巾の女はどうした」

「それが」

いまだに、女の行方は杳《よう》として知れなかった。

「ひょっとしたら、幽霊だったんじゃねえかと」

銀次は真剣な顔でこぼす。

「じつは半月ほどめえ、弥平に折檻されて死んじまった女郎がおりやす」

「ふうん」

「名はおふじ、武家出身の娘とかで、腕ずく長屋じゃぴんもぴん、稼ぎが良いことで知られておりやしてね」

「稼ぎ頭がどうしてまた折檻を」

「何でも間夫《まぶ》ができ、そいつと逃げようとしたとか」

おふじは弥平に顔のかたちが変わるほど撲《なぐ》られ、ついに息を引きとった。

ところが、翌朝になってみると、棺桶に納めたはずの遺骸が何処かへ消えていたのだという。

「それが幽霊話のはじまりというわけか」

「おふじの遺骸は、まだみつかってねえんですぜ。だもんで、旦那が目にされたのも、おふじの幽霊じゃねえかと」

「すっぽんの銀次ともあろう男が、そんな与太話を信じるのか」

「で、でも」

「間夫のほうはどうなった」

「まんまと逃げおおせたらしいんですが、そいつの正体がどうもはっきりしねえ。名はもちろん、人相風体さえ知るものはおりやせん」

「知っていても、口を噤んでおることもあろう」

「そうかもしれやせんけど」

「どっちにしろ、捜しようがないというわけか」

「面目ねえ」

「仕方あるまい、よし、ともかく歩いてみるか」

「へい」

ふたりは一膳飯屋をあとにし、西へむかった。

殺された晩の弥平の足取りを、たどってみようとおもったのだ。

烟《けむ》るような霧雨のなか、簑笠《みのがさ》をつけてしばらくすすみ、清戸《きよと》道《みち》を横切った。

清戸（清瀬）へ通じる脇街道は、鷹狩り場への道であり、江戸へ野菜を運搬する道でもある。往来には荷車や牛馬が行き交っていた。

武家屋敷の密集する一角を突っきると、忌まわしい胸突坂のてっぺんへ達した。

一面の空は分厚い雲に覆われ、眼下遥かに蛇行する神田上水はどす黒くみえる。

勘兵衛は笠をかたむけ、曇天を透かしみた。

「霧しぐれ、富士をみぬ日ぞ面白き」

「旦那、なんですか、そりゃ」

「芭蕉だよ」

「さすが、高尚な趣味がありなさる」

「莫迦にするな」

松尾芭蕉はこの地で、神田川の改修工事に従事したことがあった。

そのとき、南にひろがる早稲田の田圃《たんぼ》を琵琶湖《びわこ》にみたてたという。

「へえ、田圃を琵琶湖にねえ」

「神田川は暴れ川だ。田圃は年がら年中、水浸しになっていたのだろうよ」

晩年、芭蕉は南都へおもむく途中、大坂で病に倒れた。園女《そのめ》なる女弟子に振るまわれた鯛にあたって、落命したとも伝えられている。没したのは今からちょうど百十年前、元禄《げんろく》七年秋のことだ。

「享年五十一、わしは芭蕉より一年も長く生きておる」

「なるほど」

「来月十二日は時雨忌だ」

芭蕉の忌日である。

遅くともそれまでには、弥平殺しの下手人を挙げねばなるまい。

勘兵衛は、急坂をゆっくり下りはじめた。

「そういや、山田の旦那が弥平殺しをやけに気にしておられやすぜ」

銀次に聞かされ、勘兵衛は首をかしげた。

「わしには、弥平の弥の字も洩らさぬぞ」

「そいつは妙だな、詳しいことは長尾さまに聞いてほしいと申しあげたはずですぜ、それも、ずいぶんめえのはなしだ」

ふたりは、屍骸の転がっていたあたりまでやってきた。

勘兵衛は何度か足をはこんでいるので、あらためて調べる必要もない。

「さあて、こっからさき、奴《やっこ》さんは何処へむかうつもりだったのか」

情況から推して、弥平は坂道を下っていたと察せられた。

となれば、ここからさきは足跡のない未知の領域となる。

水神社の大銀杏を眺めつつ、ふたりは神田上水に沿って真西へすすんだ。

行きついたところは、南北路の分岐点となる面影橋《おもかげばし》である。

別名、姿見橋《すがたみばし》ともいう。

室町中期、於戸《おと》という名の若妻が凶刃に斃《たお》れた夫のすがたを川面にみつけ、この橋から身を投げた。

悲しい逸話の残る木橋から、南へむかえば高田馬場、北へむかえば南蔵院《なんぞういん》の砂利場だ。

ふたりは迷うことなく、北へむかった。

南蔵院のさき、金乗院《こんじょういん》の東には登り坂がつづき、名を宿坂《しゅくざか》という。

謂われは練馬方面から江戸へのぼる際、旅人が一泊する土地であったとか。

今も名残の宿がぽつりぽつりと散見されるものの、いずれも朽ちかけた旅籠にすぎなかった。

勘兵衛は「間屋《はざまや》」という看板を掲げた旅籠の手前で足を止めた。

「銀次、ここだな」

「へい」

知る人ぞ知る盗人宿《ぬすっとやど》なのだと、銀次は言う。

ただし、泊まっている連中は、毒にも薬にもならぬ小悪党ばかりだ。

江戸郊外にひっそり佇《たたず》む盗人宿のことなど、気に掛ける役人はひとりもいない。これまでに手入れがはいったことは一度もなかった。

「女将の名はおくず、色白の美人でやすぜ」

どのような経緯かは知らぬが、おくずという三十路の女が「間屋」を任されている。

その美人女将のもとへ、弥平は足繁く通っていたらしい。

「泊まり客の何人かがみておりやす」

「そやつら、盗人ではないのか」

「へへ、なかにゃ堅気の行商もまじっておりまさ。なにせ、木賃宿《きちんやど》なみに宿代が安いもんで、けっこう繁盛しておりやす」

おそらく、弥平は盗人宿の女将と深い仲だった。殺された晩も宿坂へ足をむけたにちがいない。そう、銀次は踏んだ。

「あっしの勘が当たっているかどうか、旦那に確かめていただきてえので」

おくずという女将に逢い、上手に突っつけば何か出てくるだろう。

「へへ、瓢簞《ひょうたん》から駒ってこともありやす。さ、めえりやしょう」

勘兵衛は銀次に背中を押され、薄暗い盗人宿の敷居を跨いだ。

五

おくずは色白で手足がすらりと長く、盗人宿の女将にしておくには勿体ないほど良い女だった。

受け気味の朱唇《くちびる》は濡れ濡れとしており、伏し目がちに喋る様子が得もいわれぬ色気を感じさせる。見た目のとおり、なよやかで脆《もろ》いのかとおもえば、そうでもない。背筋をぴっと伸ばし、時折、挑むような眼差しを浴びせかけてくる。

きりりしゃんとした物腰は、武家出身の女にまちがいないと、想像させるほど堂に入ったものだ。事実、それとなく身の上を糺《ただ》してみると、おくずは自分が零落した旗本の娘であることを告げた。

　勘兵衛と銀次は上がり框に仲良くならんで座り、温《ぬる》い茶を啜《すす》っている。

「旗本のお嬢さまがどうしてまた、こんな場末の旅籠へ居着いちまったのかね」

「ここへ流れつくまでには、そりゃいろいろとございましたよ。でも、お江戸のはずれの砂利場宿坂ってところが、わたしにはぴったり合うんです。間屋っていう屋号も気に入っておりましてね」

「盗人宿と呼ぶものも、世間にはおるらしいがな」

「存じておりますとも。それで、旦那方もお見えになられたのでしょう。でも、ご期待には添えませんよ。なにせ、間屋には宿帳ってものがございませんから」

「宿帳のねえ旅籠なんざ、聞いたこともねえぜ」

　と、銀次が声を荒らげた。

　宿帳を置かないだけでも法度《はっと》に触れる。旅籠の看板を取りあげることは容易にできた。が、野暮なことはしたくない。そんな旅籠がひとつやふたつあったところで「構うものか」と、勘兵衛はおもう。

　おくずの仕切る「間屋」には、他人の詮索を嫌う連中ばかりがやってくる。

「旦那、ここは風が吹けば砂塵の舞う、砂利場の坂道なんですよ」

江戸市中と郊外を分かつ境界の宿は、善人と悪人の混在する隠れ家なのだ。いわば、善と悪の間境《まざかい》にあるがゆえに「間屋」と名づけられた宿のことを、おくずはこよなく愛していた。

勘兵衛は、にっこり微笑んだ。

「おまえさんを困らせるために、わざわざ足をはこんだわけではない。ちと訊《き》きたいことがあってな、芭蕉庵前の胸突坂で殺された野郎のことだ」

「腕ずく長屋の元締めですね」

「わかっておるようだな」

「別の旦那にも訊かれましたから」

「ほう、そいつは誰だい」

「たしか、南町の山田さま」

「ふうん」

隣の銀次が眉を顰《ひそ》めた。

山田はこそこそ立ちまわり、おくずにもはなしを訊いていたようだ。

なぜ、そのことを黙っているのか、勘兵衛はまたもや、首をかしげたくなった。

「何を訊かれた」

「元締めの弥平さんを見知っているのかと」

「教えてもらおう、見知っておるのか」

「月に一、二度、誰かに逢いに来られました」

「誰かとは」

「存じあげません。そうしたことに関心をむけないのが、間屋のきまりですから」

「都合の悪いことは忘れるってのも、間屋のきまりらしいな」

勘兵衛は皮肉を籠《こ》めて言い、おくずの顔をじっと凝視《みつ》めた。

「旦那、嘘じゃござんせんよ。元締めは誰かに逢い、いつも一刻ほどで帰っていかれました。たいていは夜でしたが、決まった時刻ではありません」

「相手は男か、それとも女か、そのくらいはわかるだろう」

「殿方です」

「年恰好は」

「四十あたりかと、でも、顔は存じあげませんよ」

「おめえ、表口で出迎えるとき、客の顔をみねえのか」

と、銀次が横から口を挟んだ。

「なるべく、みないようにしております」

「けっ、しょうがねえな」

　悪態を吐こうとする銀次を制し、勘兵衛はゆったり尋ねた。

「殺しのあった晩、弥平は宿にあらわれなかったのかい」

「はい、お見えになりませんでしたよ」

「それなら、四十男はどうだ」

「お見えになっておりません」

「女将さん、ひとつ気を悪くせずに聞いてくれ」

「はい、なんでしょう」

「弥平が通ってくる目的はおまえさんだった、ちがうか」

　一瞬の間があり、おくずは弾けるように笑った。

「可笑しいかい」

「そりゃもう……ほほほ、元締めとわたしとはそんな間柄じゃござんせんよ」

　嘘を吐いている顔ではない。信じてもよさそうだ。

　逢うべき男が宿にいなかったとすれば、弥平は「間屋」を訪れる理由を失う。

　何か別の目的があって、胸突坂を歩んでいたのだろうか。

　おくずのはなす内容が真実なら、はなしは振りだしにもどってしまう。

勘兵衛は、わずかに焦りを感じた。

「山田多聞には、ほかに何を訊かれたのだ」

「殺しのあった晩、わたしが何処にいたのかと」

「ほう」

勘兵衛の片眉が、ぴくっと動いた。

御高祖頭巾の女のことは、銀次にしか洩らしていない。

山田は知らないはずなのに、おくずの裏をとろうとした。

――なぜだ。

山田に糺せば判明することだが、さきほどから胸騒ぎのようなものを感じている。

おくずが朱唇を蠢《うごめ》かした。

「わたしは、ずっと帳場におりましたよ。住みこみの使用人に訊いていただければ、偽りでないことはわかるはずです」

「信じよう、最後にひとつ教えてくれ」

「なんでしょう」

「間屋の持ち主は誰なんだい」

「おなじことを、山田さまも尋ねておられましたよ」

「それで」

「持ち主は、さる大店のご隠居さまです」

おくずは睫毛《まつげ》を伏せた。

じつは食うために身を売り、苦界《くがい》に沈んでいたところを身請けされたのだという。

しばらくは深川の妾宅へ住まわされたが、人の役に立つ商いをやりたいと隠居に懇願したところ、宿坂にある「間屋」の仕切りをまかされるようになった。

「隠居の名は」

「お教えしても詮無いことです」

「なぜ」

「もう、四十九日の法要を済ませましたから」

「死んだのか」

何の兆しもない突然の死であったらしい。

遺族は「間屋」のことを知らず、知ろうともしなかった。

隠居が亡くなったことで、盗人宿と噂される旅籠はおくずのものとなった。

「これ以上、おはなしすることもござりません」

おくずは、かたちの良い小鼻をぷっと膨《ふく》らませた。

「ありがとうよ、邪魔したな」

勘兵衛は、すっと腰をあげた。

おくずは板の間に両手を突き、深々とお辞儀をしてみせる。

黒く艶やかな島田髷《しまだまげ》から、ほんのりと伽羅の芳香が匂いたった。

六

弥平が「間屋」へ足繁く通ったのは、おくずにではなく、四十男に逢うためだったという。

あの晩、弥平は盗人宿で「顔の無い男」と逢うべく、胸突坂を下っていたのだろうか。

山田多聞に訊けば、もっと詳しい事情がわかるかもしれない。

この一件に関していえば、山田は数歩先をすすんでいる。

なぜ、何も相談してくれないのか。

水臭いはなしだ。

考えられる理由はひとつ、山田はこの一件に深く関わっているのであろう。

勘兵衛と銀次は宿坂から日本橋へとって返し、南茅場町の大番屋へむかった。

ともかく、山田に逢って真意を糺さねばならぬ。

が、待てど暮らせど、当人は顔をみせなかった。

「おかしいな、いつもなら必ずおるはずなのに」

山田多聞という男の影が、急に遠のいてゆくのを感じていた。

知己とはいえぬものの、三十数年来、おなじ釜の飯を食ってきた男だ。

何か、良からぬことが起こったのではないか。

勘兵衛は、不吉な予感に苛《さいな》まれた。

「旦那、おくずのことをどうおもいます」

待ちくたびれた銀次が、ふいに訊いてきた。

「どうもこうも、嘘を吐いておるとしかおもえぬ」

「やっぱし、そうですよね」

「すべてとは言わぬが、肝心なところは嘘であろうな」

「たとえば」

「弥平の逢っていた相手の顔も知らぬとか、あの晩、弥平が来る予定などなかったとか、そういったことだ」

あるいは、大店の隠居から旅籠を相続したというのも、眉唾《まゆつば》なはなしだ。

「あっしも宿の持ち主をあらってはみたんですが、どうもはっきりしねえんで」

「どっちにしろ、女手ひとつで盗人宿を仕切ってゆくのは、どだい無理なはなしさ」

「てっきり、弥平が後ろ盾だとおもいやしたがね。けど旦那、あの女の後ろにゃかならず男がいやすぜ」

「顔の無い男か」

「たぶん、堅気じゃねえな。それこそ、盗人宿のご主人さまだ」

男は今ごろ、こちらの無能ぶりを笑っているのではあるまいか。

ごおんと、暮れ六つの鐘が鳴った。

山田はまだ、もどってこない。

と、そこへ。

血相を変えて飛びこんできたのは、末吉鯉四郎であった。

「一大事です、長尾さま」

「いかがした」

「山田さまが百本杭《ひゃっぽんぐい》に」

「まさか……浮かんだのか」

「はい」

不吉な予感は当たった。

銀次は隣で声を失っている。

鯉四郎がつづけた。

「浮かんだのは、山田さまひとりではありません」

「なに」

山田は若い女とともに、戸板の裏表に五寸釘で打ちつけられていた。

寒々とした大川を流れてきたのは、一枚の戸板だったのである。

「無惨な……鯉四郎、すまぬが、うちの藪《やぶ》医者どのを百本杭まで連れてきてくれ」

「は」

袖をひるがえす鯉四郎を送りだし、勘兵衛は重い腰をあげた。

灰色の大川を左手に眺めつつ、向両国《むこうりょうごく》からやや北へむかう。

御竹蔵を背にした百本杭は、釣りの穴場でもあった。

浅草以南の川岸から流された死体は、潮流の関わりから多くが百本杭へ流されてくる。

捕り方にとっては馴染みの深い場所でもあった。

すでに、男女の遺骸は引きあげられ、筵《むしろ》に仲良くならんで寝かされている。

「けっ、逢いたくねえ連中がいやがる」

銀次は、おもいきり顔をしかめた。

本所廻りの宍戸馨之介、それと、びんぞりの文七が筵のそばに屈んでいる。

「おう、うぽっぽか、血相変えて来やがったな」

宍戸が半笑いの顔をむけてきた。

「ほうら、みてみな。こいつが貧乏同心の成れのはてさ」

白い帷子《かたびら》を纏っただけの山田は、ざんばら髪で黝《あおぐろ》い顔をしていた。

水死体であることをしめす死斑《しはん》は見受けられず、腹部も膨脹していない。十中八九、殺されたあとに川へ流されたのだろう。

山田の遺骸とちがい、女のほうは腐敗がすすんでいる。

髪型や着物から推すと、身を売って生計を立てていた女のようだ。

「おふじか」

弥平に折檻されて死んだという遊女の名が、勘兵衛の口を突いて出た。

すかさず、宍戸が食いついてくる。

「おふじってのは岡場所の女か」

「そうだ」

「何処の」

「音羽」

「けっ、山田も莫迦な野郎だ。とんだ売《ばい》女《た》に関わっちまったな」

「ほとけを悪く言うもんじゃない」

「半生をお上に捧げた十手持ちが、最後にこれじゃ浮かばれねえ。けどよ、不浄役人なんてもんは、所詮、ろくな死に方はしねえのさ。くわばらくわばら、明日は我が身だぜ」

そこへ、鯉四郎が仁徳を連れてやってきた。

「ほら、どけ」

仁徳は宍戸と文七を押しのけ、筵のうえに屈みこむ。

「この野郎」

宍戸は激昂《げっこう》し、大声をあげた。

「藪医者め、口のききかたを教えてやろうか」

「ふん、てめえがような洟《はな》垂《た》れに、教えてもらうことなんざねえ」

「あんだと、くそったれ爺」

「うるせえ」

どれだけ悪態を吐かれようが、藪医者は怯《ひる》まない。

勘兵衛は溜飲《りゅういん》を下げつつ、仁徳の背に声を掛けた。

「死因はわかりますかね」

「女のほうはわからん。傷みが酷《ひど》すぎる」

「男のほうは」

「厄介じゃな、こっちも」

「なぜ」

「外傷がひとつも見当たらぬ」

「弥平といっしょか」

「おう、おもいだした。はっきりせんので黙っておったが、胸突坂のほとけに使われたのは、たぶん烏頭《うず》の毒じゃ」

「烏頭」

野山に自生する金鳳花《きんぽうげ》の多年草、いわゆる山鳥兜《やまとりかぶと》の塊根を風乾した代物である。これを減毒したものは附子《ぶし》といい、新陳代謝を促す漢方薬の原料となる。附子でさえも、匙《さじ》加減を誤れば強い痙攣を引きおこし、人を死にいたらしめるという。

「烏頭を使えば、いちころじゃ」

仁徳はぼそっと洩らし、山田の遺体を指で突っついた。

「ん、何じゃろう。帷子の襟に何か縫いつけてあるぞ」

「どれ」

勘兵衛は屈みこみ、糸を解いて慎重に「何か」をとりだした。

水を弾く油紙に包まれた小片で、布切れにくるまれてある。

布切れのなかには、一枚の貸付証文が挟まっていた。

「こ、これは」

勘兵衛の目に「金五百両」という文字が飛びこんできた。

山田は弥平に大金を借りていた。そのことを、何者かがこれみよがしに報せようとしているのだ。

宍戸と文七は何やらはなしこんでおり、幸いにもこちらに気を向けていない。

「旦那、山田さまには弥平を殺る理由があったってことですかい」

銀次が宍戸たちに気づかれぬよう、そっと顔を近づけてきた。

理由はあっても、一線を越えたかどうかまでは判然としない。

役人が殺しに手を染めるのは勇気のいることだ。

完璧な手口でも考えつかないかぎり、容易に踏みこめるものではなかろう。

だいいち、烏頭を使用したにしても、どうやって弥平に摂取させたのか。

その手口が明らかにされぬかぎり、山田の犯行は立証できまい。
日没の天空は、どす黒い雲に覆われていた。
ぽつりぽつりと、冷たいものが落ちてくる。
「文七、また雨だぜ」
宍戸が羽織を脱ぎ、あたまにかぶった。
ほかの連中は月代《さかやき》が濡れるにまかせ、悄然《しょうぜん》と佇んでいる。
鯉四郎の鬢も濡れ、頬を伝った雨滴が唇もとへ流れこんだ。
咽喉仏が、こくんと上下する。
「ん、そうか」
勘兵衛には、ぴんとくるものがあった。
弥平殺しの下手人は、どうやら、雨のことまで勘定に入れていたらしい。
さらには、亥ノ正刻に、勘兵衛が胸突坂へ到達することも知っていた。
——拙者にまんがいちのことがあったら、貴公だけが頼りでござる。
芝神明で山田の吐いた台詞が、忽然と耳に甦ってきた。

七

役人殺しは、江戸の治安に重大な不安をもたらす。

お上の沽券《こけん》にも関わることなので、山田多聞の死は厳重に伏せられた。殺しであってはならず、ましてや、遊女との情死などはもってのほか、さまざまな臆測に繋がる噂の根を断つべく、山田は病死扱いとされたのである。

遺体から発見された貸付証文も、大きな懸念となった。

弥平殺しの下手人は山田にちがいない。そう、疑わせるに充分な証拠が明示されたも同然で、これはあきらかに探索の打ちどめを狙う何者かの企図であろうとおもわれたが、南町奉行の根岸肥前守は一連の不審事に関して、これ以上の探索を赦《ゆる》さなかった。

もっとも、それは表向きのことだ。

役人殺しの黒幕を油断させるための措置にすぎない。

葺屋町の「福之湯」へすがたをみせた薊《あざみ》の隠居は、めずらしく怒りをあらわにした。

山田を戸板に打ちつけた仕打ちは「余計なことに首を突っこめば、役人でもこうなる」という悪党どもの脅しにほかならず、いわば、真っ向から挑戦状を叩きつけられたようなものだ。

挑戦を受けてたつかどうかは、捕り方の生きざまにも関わってくる。

山田の忠勤に応えるためにも「やらずばなるまい」と、薊の隠居は悔し涙すら浮かべて発したのだ。

それは、役目に殉じた同心の遺族にむけられた心情でもあった。

たとい、山田がどのような悪事に加担していようとも、あるいは、みずから招くべくして招いた死であったにせよ、役人ひとりの死は重い。

その重さを悪党どもに痛感させてやらねば、金輪際、江戸の仕置きは成りたたぬ。

――うぽっぽ、仇《かたき》を討ってやれ。

早朝のがらんとした銭湯の流し場で、薊の隠居は背中の烏枢沙摩《うすさま》明王を朱に染めながら、身震いするような台詞を吐いたのである。

さっそく、勘兵衛は江戸の闇に踏みだした。

銀次と三平、そして鯉四郎にも協力させ、まずは日本橋の薬種問屋を片端から当たってみた。

三日後、少量の烏頭を購入した人物が割りだされた。

山田多聞である。

「旦那の読みどおりでさあ、山田さまは弥平を殺る絶妙な手口をおもいついたんだ」

銀次は白い粉を匙で掬《すく》い、どろっとした飴《あめ》色の液体に混ぜた。

長尾家の縁側には仁徳と綾乃も控え、鯉四郎はふたりから離れて様子を見守っている。

篦《へら》で丹念に混ぜあわされた飴色の液体から、芳香が匂いたった。

「ささ、ご覧《ろう》じませ、ここに取りいだしたるは伽羅鬢付け油でござい。長尾の旦那が大枚叩いて綾乃さまにお求めなすった高価なお品にござりやす。ただ今より、殺しの手口を験してご覧にいれやしょう」

銀次は幇間《ほうかん》よろしく戯《おど》けた調子で言い、神妙に座る三平の月代をぴしゃっと叩いた。

「痛っ」

「へへ、じっとしてろい」

銀次は白い粉を練りこんだ鬢付け油を刷毛にとり、三平の両鬢へさっと塗った。

昼間にもかかわらず、空模様は夕暮れのようだ。

殺しのあった晩のように、霧雨が降っている。

三平が不安げに訊いてきた。

「親分、でえじょぶですよね」

「莫迦野郎、饂飩粉《うどんこ》で死ぬわけはねえだろうが」

「何だか恐えなあ」

「おめえ、死ぬのがそんなに恐えのか」

「焼かずば食えねえ、あたりめでさあ」

「駄洒落《だじゃれ》を吐くだけの余裕があんなら、黙っていろい」

「でも、親分」

「三平、人ってのは妙な生き物よ、偶《たま》にとんでもねえ過ちをしでかすことがある。ひょっとしたら、おれは烏頭と饂飩粉をまちげえたかもしれねえ」

「ふへ」

「もう遅えぞ、塗りつけてやったかんな。仁徳先生よ、これでどうだい」

「充分じゃろう」

「よし、三平、庭へ出ろ」

三平は渋々ながらも庭下駄を履き、狭い庭先を一周してもどってきた。

鬢から流れた液体が頬を伝い、唇もとへ流れこんでいる。

その様子をじっと凝視め、仁徳は淡々と説きはじめた。

「弥平は雨に濡れ、毒の雫《しずく》を呑みこんだ。あの程度でも致命傷にはなる。が、口に入らねば死ぬことはない。ふふ、鬢付け油に烏頭を仕込むとはな、考えたものよ。あの同心、ぼけっとしておるようにみえて、なかなか智恵のまわる男じゃったわい」

　山田は誰かを使い、弥平の鬢に毒を塗らせたのだ。雨のなかを傘もささずに歩み、文字どおり、地獄へ通じる急坂を転げおちていった。

「三平、もういいぞ」

「へい」

　ぎこちない小者の仕種は、鯉四郎と綾乃の笑いを誘った。

　何となく良い雰囲気になりかけたところへ、勘兵衛が鋭く咳《せ》きこんでやる。

「山田どのは雨まで勘定にいれておった。ちょうど胸突坂のあたりで、弥平が頓死するのを予見していたのだ」

　すかさず、銀次が引きとる。

「その夜にかぎって、山田さまは南茅場町の大番屋に詰めておられやした」

　おそらく、みずからの高鳴る鼓動を聞きながら、首尾良く事がはこぶのを祈っていたにちがいない。

「わしは山田どのに請われ、夜廻りへ出向かされた。もうすこしで、弥平の今際《いまわ》に出くわすところさ」

「そいつが狙いだったんでやしょう」

勘兵衛という確乎たる証人を得ることで、誰からも疑われずに済む。

山田には弥平を殺める理由があった。五百両もの大金を借りていたのだ。

「同心風情が、ちっとやそっとで借りられる金ではない」

「執拗《しつよう》に返済を迫られたあげく、山田さまは切羽詰まって一線を越えちまった」

「銀次、そのまえに、なぜ、五百両もの金を借りられたのか、そいつがよくわからぬな」

「相手の弱みでも握ったのでしょうか」

と、鯉四郎が横合いから口を挟んだ。

「弱みを握ったとすれば、五百両に見合うだけの内容でなければならぬ」

「たとえば、どのような」

「鯉四郎、それがわかれば苦労はせん」

ならば、山田はいかにして金になる情報を得たのか。

「鍵を握るのはおふじだな、銀次」

「へい、調べてめえりやしたぜ」

以前の聞きこみでは、おふじは間夫との足抜けが発覚し、弥平に折檻されて死んだとされていた。ところが、肝心の間夫については、誰もがみな証言を避けた。

「無理もねえ。間夫ってのは、山田さまにまちげえねえんだ」

山田は役目や妻子から逃れるように、腕ずく長屋へ通いつめた。

一方、御法度の女郎屋を仕切る弥平にすれば、不浄役人を無下にはできない。この機に乗じて便宜を図ってもらおうと、ぴんの女郎をあてがった。

「それが、おふじでやす」

「運命の出逢いというやつか」

山田は、おふじに溺れていった。

と同時に手《て》懐《なず》け、弥平の弱みを探らせることに成功した。

大金の匂いを嗅ぎつけ、まんまと五百両をせしめはしたものの、見返りにおふじを失った。

好いた女を嬲《なぶ》り殺されたことへの恨み、憎しみ、名状しがたい怒り、あらゆる負の感情に苛まれ、小心者の役人は最後の一線を踏みこえた。

「金のためじゃねえのなら、同情の余地はあるってもんだ」

吐きすてたのは、仁徳である。

山田はおふじのために弥平殺しを決意し、巧妙に屠《ほふ》る手口を考えついた。

ただし、ひとりではできない。助っ人になりそうな男に声を掛けた。

「丈太郎でやすよ」

弥平の右腕と呼ばれた丈太郎は、そもそも、廻り髪結いであった。

ほとけの髪をいじる機会はあったはずだ。

弥平が死ねば、丈太郎は得をする。山田に殺しをもちかけられ、手をくだしたにちがいない。

ところが、山田は消され、丈太郎はのうのうと生きている。

「敵さんは、弥平のときとおんなじ烏頭を使って山田さまに毒を盛りやした。つまり、何から何までお見通しってわけだ。たぶん、丈太郎が弥平を殺ったこともわかっているにちげえねえ。だのに、丈太郎は生かされていやがる。旦那、あっしにゃどうも、そこんところがわからねえ」

「丈太郎には、まだ使い道があるということさ」

「どんな使い道でやしょう」

「さあな、敵さんに聞いてみるしかあるまい」

山田が消された理由は、弥平が五百両を払ってでも秘匿したかった内容と深く関わっている。敵は秘密が洩れるのを恐れ、山田の口封じにかかった。山田は弥平を殺したからではなく、秘密を知ったがゆえに消されたのだ。

ひるがえってみれば、五百両で役人の口を塞ごうとした弥平も、早晩、この世から消される運命にあったのかもしれない。悪党どもにしてみれば、山田のお陰で手間が省けたようなものだ。

勘兵衛の脳裏には、御高祖頭巾の白い女の顔が浮かんでいた。

あれは盗人宿のおくずなのか、それとも、おふじの幽霊だったのか。

新たな疑念がつぎからつぎへと溢《あふ》れだし、収拾がつかなくなってくる。

「うぽっぽ、煮詰まったら動け。動けば血のめぐりもよくなるぞ」

仁徳は吐きすて、鬢付け油の瓶を拾いあげた。

「それにしても、山田はようもおもいついたわ。なれど、人のおもいつきには多かれ少なかれ、きっかけというものがある。銀次、引き札の口上を言ってみろ」

「伽羅の鬢付け油といえば太閤庵」

「おう、それじゃ」

仁徳に指摘されずとも、勘兵衛にはわかっている。

顔の無い男の輪郭がはっきりとみえていた。

八

香木油見世の主人と盗人宿の女将、そして遊女屋の元締め、三人を繋ぐ接点には臨時廻りがいた。

すでに、元締めと臨時廻りはこの世にいない。

のこった男と女を、勘兵衛たちは別々に張りこんだ。

しかし、このふたり、なかなか尻尾を出さなかった。

やがて虫の音は絶え、神無月《かんなづき》も十日を過ぎた。

紅葉は盛りを迎え、胸突坂下にある水神社の大銀杏も黄金に色づいた。

明日は芭蕉を偲《しの》ぶ時雨忌、張りこみをはじめてから半月余りが経った。

小春日和の一日が更け、夜空には満ちゆく月が煌々《こうこう》とかがやいている。

予想どおり、さきに動いたのは女のほうだ。

勘兵衛と銀次が宿坂の「間屋」を張りこんでいると、黒い御高祖頭巾の女が裏口から抜けだしてきた。

「おくずですぜ」

「よし、跟《つ》けるぞ」

ふたりは頷《うなず》きあい、ほっそりした女の背中を追った。

面影橋の手前で東へ折れ、神田上水の土手際を水神社へむかう。

おくずはたったひとりで提灯も持たず、胸突坂を登りはじめた。

「見失うなよ」

「へい」

坂道は月影に照らされていたが、左右の塀際には闇が蟠《わだかま》っている。

女を尾行するのは、さほど難しいことではない。

だが、肝心なところで、足の裏に痛みが走った。

「旦那、どうしなすった」

「肉刺だ」

「魚《うお》の目《め》ですかい」

「いや、ただの肉刺さ。昨日潰したのが疼《うず》きよる、くそっ」

「旦那」

「わしに構わず、さきに行け」

「へい」

勘兵衛の額に膏汗《あぶらあせ》が滲《にじ》みはじめた。

が、どうやら、潰した肉刺のせいばかりではないらしい。

突如、疝気《せんき》の虫に襲われた。

「くう……っ」

下っ腹が猛烈に痛む。

ここ数年、疝気に悩まされていたが、いつも凩《こがらし》が吹く季節にならねば症状は出てこなかった。今年はひと月も早い。疝気の虫を鎮まらせるには、酒を呑んで紛らわすか、温《おん》石《じゃく》で睾丸《きんたま》を温めてじっと待つか、ふたつにひとつしかない。

「くそったれ」

冴えた月明かりが、おくずの姿態を浮きたたせた。

痛みのせいで、目に映る景色が霞んでくる。

銀次との間合いは、徐々にひらいていく。

「うぐ……っ」

勘兵衛は痛みに耐えかね、その場に蹲《うずくま》った。

刹那。

「ひぇっ」

銀次の悲鳴が聞こえた。
坂の上から、おくずが振りかえる。
月影を浴びた灰白い顔、やっぱりあのときの女だと、勘兵衛は確信した。
おくずは身じろぎもせず、妖しげに朱唇を吊りあげて微笑んでみせる。
触れれば、おそらく、ひんやりとした磁器のような肌触りであろう。
まるで、誘うているかのようだ。
まちがいない、おくずは勘兵衛たちを、わざと胸突坂へ導いたのだ。
「銀次っ」
勘兵衛は左手で睾丸を握り、声をかぎりに叫んだ。
返事はない。
風もないのに、芭蕉庵の竹林がざわめいている。
忽然と、人の気配が立った。
勘兵衛は、正面の暗がりを凝視めた。
「ん」
闇の一部が剝げおち、全身黒ずくめの男たちがあらわれた。

ひとり、ふたり、三人……ぜんぶで五人いる。

ひょろ長い男が、一歩踏みだした。

「疝気持ちか、情けねえ野郎だぜ」

特徴のある嗄れ声、覆面で顔は隠せても、声までは隠せない。

「おぬしは……た、太閤庵の主人か」

「はあて、どうかな」

「わしを誘ったのか」

「今ごろ気づいてどうする。首を突っこむなと忠告したはずだぜ」

「聞いておらんな」

「不浄役人の屍骸《むくろ》をみただろうが」

「やはり、おぬしらの仕業か」

「山田多聞は触れてはならねえものに触れた。おめえもそうさ」

下っ腹の痛みが、すうっと嘘のように引いた。

逆しまに、死への恐怖が高まってくる。

勘兵衛は、顔色も変えずに躙《にじ》りよった。

塀際へ目を遣ると、落ち葉のうえに銀次が俯《うつぶ》せで倒れている。

「死んだのか」

「さあな、自分で確かめてみな。ただし、生きてここまで来られたらのはなしだ」

「待て」

「何だよ、命乞いか」

「冥途《めいど》の土産に教えてほしい。おぬしら、懸巣小僧の残党だな」

「残党、笑わせるんじゃねえ。おれたちゃ懸巣小僧そのものよ。十年前に捕まったな下っ端の連中さ。山田がごたいそうな手柄にしてみせたけどな」

「それで、恨みを募らせたのか」

「ふん、莫迦らしい。阿呆な不浄役人のことなんざ、とっくの疾《と》うに忘れていたさ。よせばいいのに、むこうから首を突っこんできやがったんだよ。弥平を通じてな」

「弥平も仲間か」

「野郎の錠前破りは、そりゃ見事なもんだったぜ」

懸巣小僧は十年前に荒稼ぎをやめた。

蓄えができ、危ない橋を渡る必要もなくなったのだ。

「弥平は欲の皮の突っぱった野郎でな、今になって分け前が少ねえだのとごねやがった。それだけじゃねえ、下手を打ちやがった。おふじとかいう抱え女郎に手をつけ、寝物語におれさまの素姓をばらしたのさ」

その内容が、おふじの口から山田の耳に入った。

「ふっ、山田は根っからの不浄役人よ」

手柄よりもさきに、金が欲しかった。弥平に口止め料を要求したのだ。

「弥平の莫迦は山田に五百両を払い、おふじを嬲り殺しにしやがった」

まさか、不浄役人が本気で女郎に惚れていようとは、弥平にしてみればおもいもよらなかったにちがいない。

「へへ、どのみち、弥平は死ぬ運命だった。こっちの手間が省けただけのことよ。もっとも、手をくだしたのは山田じゃねえ、ここにいる丈太郎さ」

かたわらに立つ小柄な男が、胸を反りかえらせた。

「あっしは親分に命じられたとおり、動いただけでさ」

丈太郎も懸巣小僧の一味だったらしい。覆面のしたの顔は知らぬが、狡猾《こうかつ》な顔であることは想像できた。

「丈太郎は使いっ走りだったがな、ようやっと一人前になりやがった」

「人ひとり殺して一人前か、ふざけるな」

「ふへへ、年のわりに熱いじゃねえか。おくずの言ったとおりだぜ」

「おくず」

勘兵衛は、坂の上をみた。

もはや、おくずはいない。

「ありゃ、おれの女房だ。破落戸《ごろつき》の娘でな、性悪《しょうわる》なばくれん女さ。けどよ、むかしっから人をみる目はたしかだった。そのおくずが、おめえのことを褒めていやがったぜ。不浄役人にゃめずらしく、骨のある男だとよ。そうとなりゃなおさら、息の根を止めておかなきゃならねえだろう」

「おぬしの女房は、殺しのあった晩もここにおったな」

「ああ、弥平を迎えにやり、胸突坂まで連れてこさせたのよ」

分け前のはなしをつけようと誘い、殺める腹だった。

「ところが、弥平を殺してえ男はほかにもいたってことさ。丈太郎から事情《わけ》を聞いて驚いたぜ。山田ってのは妙なことを考えつく男だ。匕首《あいくち》も使わずに相手の息の根を止める手口にゃ、正直、恐れいったぜ」

藤吉の思惑どおり、弥平は死んだ。

「おめえもあの晩、のこのこ坂を登ってきたらしいな。さすがのおくずも腰を抜かしかけたとさ。へへ、さあて、そろりと喋りは仕舞《しめ》えにしようぜ」

首魁の合図で、乾分《こぶん》どもは左右に散った。

懐中に呑んだ匕首を抜き、じりっと迫ってくる。

勘兵衛は動かない。

「おめえ、うぽっぽとかいう綽名《あだな》で呼ばれているんだってなあ」

「それがどうした」

「十手を抜いたこともねえんだろう。腰に差した大小も飾り物じゃねえのか」

「そのとおりだ」

と言いつつ、勘兵衛は腰の刀に手を掛けた。

「うおっ」

乾分どもは仰《の》けぞり、慎重に身構える。

勘兵衛は柄《つか》ではなく鞘《さや》を握り、腰帯から大小を引きぬいた。

「何のまねだ」

と、嗄れ声が糺してくる。

「使わぬ得物を差しておっても仕方あるまい」

平然とうそぶき、大小を足許に置く。

小男の丈太郎が独楽《こま》鼠《ねずみ》のように近寄り、大小を奪いさった。

勘兵衛は、背中の十手を引きぬいた。

「こいつだけは使わしてもらう」

「しゃらくせえ」

藤吉の怒声に反応し、乾分どもが躍りかかってきた。

勘兵衛は横へ飛び、ふっと身を沈める。

「ひっ」

黒装束のひとりが、悲鳴をあげた。

脛を押さえ、地べたに転げまわっている。

勘兵衛は反転し、十手の先端を相手の脾腹《ひばら》に叩きこんだ。

ふたり目は声もなく、へなへな頽《くずお》れていった。

三人目の男は恐れをなし、背中をみせた。

「そい」

勘兵衛は早縄を取りだし、素早く抛《ほう》ってみせる。

二尋半《ふたひろはん》の早縄が蛇のように伸び、男の足首に絡みついた。

「ぬほっ」

男は引きたおされ、顎《あご》から地面に落ちた。

「ふうん、やるじゃねえか」

首魁の藤吉は強がりを吐いたが、丈太郎のほうは腰が引けている。

勘兵衛は毛臑《けずね》を剝き、やにわに、十手を投擲《とうてき》した。

十手は房を靡《なび》かせ、糸を引くように飛んでいった。

そして、丈太郎の眉間を正確に打った。

「ぬはっ」

丈太郎は白目を剝き、棒のように倒れた。

早縄を摑んで手繰りよせると、気を失った男が鯣《するめ》のように引きずられてきた。

脛を打たれた男は、今も悲鳴をあげながら転げまわっている。

「うるせえぞ」

勘兵衛は駈けより、真横から男の顎を蹴《け》りつけた。

「ぬぐっ」

これで乾分どもはみな、地べたにのびてしまった。

勘兵衛は、黒羽織の襟をすっと直した。

「懸巣の藤吉、あとはおめえひとりだ」

「ほざけ、得物もねえくせによ」

藤吉は黒覆面を剝ぎとり、掌《てのひら》で匕首の柄をくるっと回転させた。

鋭い刃が月影を反射させ、眩《まばゆ》い閃光を放った。

前触れもなく、勘兵衛は動いた。

丸腰のまま結界を踏みこえ、相手の懐中へ飛びこむ。

すかさず、匕首の先端が伸びてきた。

「死ねや、不浄役人」

「くっ」

ざくっと鬢を裂かれ、鮮血が散った。

苦い血を嘗めながらも、勘兵衛は笑っている。

藤吉の双眸が恐怖に引きつった。

「覚悟せい」

勘兵衛に容赦はない。

　ぶんと、右肘を突きあげた。

「ほげ……っ」

鈍い音が響き、藤吉は塀際まで吹っ飛んだ。

顎の骨を砕かれ、昏倒してしまったようだ。

予期せぬ力を発揮できた自分に驚いている。

「驚いたな」

勘兵衛は、こきっと首の骨を鳴らした。

われにかえり、銀次のもとへ駈けよる。

「おい、生きておるのか」

声を掛けても、返事はない。

返事のかわりに、寝息が聞こえてきた。

ほっと、胸を撫でおろす。

「暢気なやつめ、いつまでも寝てんじゃねえぞ」

羽交い締めにして活を入れてやると、銀次は目覚めた。

鶏のように周囲をきょろきょろ見まわし、最後に勘兵衛の顔をみつけて仰けぞった。

「うへっ」

「阿呆、わしだろうが」

「だ、旦那ですかい」

「怪我はないか」

「あたまが、ずきずきしやす」

「どれ」

　額に大きなたんこぶができている。

「たいしたことはなさそうだな」

「そうですかい」

「悪党どもを縛るぞ、手伝え」

「へい」

　銀次はふらつきながらも、昏倒した黒装束をひとり、またひとりと引きずってきた。

　勘兵衛は早縄を拾い、悪党どもをひと括《くく》りに縛りあげる。

　柔術と捕縄術にかけては、多少の自信があった。

　と、そこへ。

　坂の上から、転がるように駈けおりてくるものがあった。

「長尾さま、長尾さま」

　鯉四郎である。三平をともなっている。

　ふたりは芝神明の太閤庵を張りこんでいた。ところが、まんまと出しぬかれ、もしやとおもって胸突坂へ来てみたらしい。

「遅いぞ、鯉四郎」

「申しわけございませぬ」

鯉四郎は捕縛された悪党どもを眺め、汗みずくの顔をかがやかせた。

「お手柄ですね」

「いいや、手柄は山田多聞のものさ。それに、まだ終わってはおらぬ」

「と、仰いますと」

「こいつらの盗んだ金を奪いかえすのさ」

「奪いかえすと仰っても、残っておるでしょうか」

「懸巣だからな、稼ぎを溜めこむ習性がある」

「なれば、こやつらを一刻も早く拷問蔵へぶちこみ、口を割らせねばなりませぬな」

「その必要もあるまい」

むかうべきところは、ひとつしかない。

「鯉四郎、銀次とともに、こやつらの始末を頼む」

「は」

勘兵衛はやや肩を落とし、坂道を下りはじめた。

九

神田上水に沿って歩み、面影橋から北へむかう。

砂利場の宿坂はいつにもまして深閑としており、ぽつんと点《つ》いた盗人宿の軒行燈《のきあんどん》が寂しげだった。

勘兵衛は鯉四郎たちの到着を待たず、ひとりで敷居を跨ぐことにした。

潜り戸の心張棒《しんばりぼう》は外されたままで、土間へ踏みこむと、廊下に点々と蠟燭《ろうそく》が灯されている。

微かに揺れる光の道筋をたどり、勘兵衛は奥座敷へたどりついた。

背後の中庭には瓢箪池があり、石灯籠《どうろう》の灯りが水面に映っている。

かたんと、鹿威《ししおど》しが響いた。

「どうぞ」

淡い灯りの洩れる障子の内から、女の声が聞こえてきた。

「ご遠慮はいりませんよ」

勘兵衛は意を決し、障子を威勢良く引きあけた。

おくずは海老茶に千筋の長羽織をぞろりと纏い、長火鉢の奥に座っていた。

ぞくっとするような色気がある。

「おいでなされませ」

「客はおらぬようだな」

「ええ、今夜はおひとりも」

おくずには、すでに覚悟ができているようだった。

「悪い予感ってのは、当たるもんですねえ」

「わしが来るとわかっておったのか」

「藤吉じゃなければ旦那が来る。あのひとが帰ってくる確率は五分と五分、人生なんてそんなもんでしょ」

おくずは、結いなおした貝髷《ばいまげ》に鼈甲《べっこう》の横櫛《よこぐし》を挿していた。

伝法肌《でんぼうはだ》な地金をさらし、朱羅宇《しゅラウ》の長煙管《ながキセル》を喫《ふ》かしはじめる。

紫煙が輪になってぽっかり浮かび、天井の暗がりへ消えていく。

おくずは、ちらりと流し目を送ってきた。

「お座りになったらいかがです」

「ふむ」

勘兵衛は障子も閉めず、下座に膝をたたんだ。

夜風が吹きこみ、蠟燭の炎を激しく揺らす。

「閉めてくださいな」

「ん、そうだな」

勘兵衛は膝立ちになり、障子を閉めた。

伽羅が仄かに匂いたち、あたまがくらっとする。

息苦しくなり、障子を開放したい衝動に駆られた。

おくずは長火鉢の縁に、煙管の雁首《がんくび》をかつんと叩きつけた。

「それで、あのひとは生きているんですか」

「ああ、生きておる」

「獄門台送りでしょ」

「そういうことだな」

「わたしも、おなじ運命ですね」

黙って頷くと、おくずは溜息を吐き、また煙管を喫かしはじめた。

「あきらめるんだな、おぬしらはちとやりすぎた」

「旦那に言われなくても、わかっておりますよ」

おくずは目を伏せ、おもむろに喋りだす。

「山田さまは、棺桶から、おふじの遺骸を盗みました」

「何だと」

「盗んだんですよ。無惨な死に方をした女郎の屍骸をね」

さらには、山田は顧みる者とてない水神社の祠にほとけを安置し、夜毎、通いつづけたのだという。

「あのお方は藤吉に毒を盛られるまで、蛆《うじ》の集《たか》った屍骸と添い寝していたんですよ」

「まことか、それは」

言われてみれば、山田は仄かに死臭を漾わせていた。そのことを想いだした途端、勘兵衛の背中に悪寒が走りぬけた。

「それほどまでに惚れていたんでしょうねえ。おふじも果報者ですよ。腐りかけた自分のからだを愛撫してくれる男なんざ、世の中にいるわけがありませんもの。はじめは気味が悪かったけど、何だか羨ましくなってきましてねえ。ふふふ、この世に生きていることなんざ、どうでもよくなっちまったんです」

なぜ、そんなはなしを語って聞かせるのか、勘兵衛はおくずの心情を測りかねた。

「旦那がお見えになった理由、先刻承知しておりますよ。懸巣小僧が荒稼ぎで貯めた金、その行方をお知りになりたいんでしょ。ちなみに、いかほどになるとおもいます」

「さあな」

「千両箱で二十箱余り、二万両はくだりますまい」

「ほう」

予想を遥かに超える金額だ。

「懸巣小僧の遣り口は、酷いものだと聞いた。大店に押しこみ、使用人を殺《あや》めたこともあったはずだ。おぬしらが貯めた金には、人の怨みが憑《つ》いておる」

「おなじことを、山田さまも仰いましたよ」

「なに、山田どのが」

「もっとも、あのお方は盗み金の在処《ありか》をご存じでした。おふじに聞いていましたからね」

それを知ったがために、山田は藤吉に消されたのだ。

「不思議なお方でしたよ」

藤吉は二千両で手を打たないかと、山田にもちかけた。

ところが、山田は拒絶した。

弥平に五百両の口止め料を要求しておきながら、藤吉の二千両は受けとる気がないという。

おくずが首をかしげるのも無理はなかった。

「おふじが死んで気持ちが変わった。それまでは金を欲していたが、どうでもよくなったと、山田さまは仰いました。捕まって殺されるとわかってからも、藤吉に命乞いもせず、脱け殻も同然になっておしまいでしたよ」

あげくのはてには、藤吉にむかって「盗んだ金をすべて返上し、番屋へ出頭しろ」と勧めたらしい。

「莫迦げたことを」

藤吉のような根っからの悪党が、聞く耳をもつはずはない。

「二千両で手を打っていたら、山田さまは死ぬこともなかったんですよ」

浅薄な正義を口にしたばっかりに命を縮めたのだと、おくずは言う。

「不思議なお方でしょう」

「山田多聞とは、本来、そういう人間なのだ」

「おふじとのことも五百両のことも、魔がさしたと仰るのですか」

「ああ、そうだ」

「人ってのは、そんなに強い生き物ですかねえ」

おくずはほっと溜息を吐き、火鉢のなかに目を落とす。

「旦那のおのぞみどおり、この部屋の床板をひっぺがし、砂利をひと尋ほども掘りかえせば、千両箱が出てきますよ」

「さようか」

「旦那も、ほんとは楽隠居なされたいんでしょ」

「まあな」

「この十年間、一日たりとも生きた心地がしませんでしたよ。ほとほと疲れたんです、藤吉にも、こんな人生にも」

「おぬし、生きたいのか」

「さあ、それは旦那次第ですよ」

おくずは、嫣然《えんぜん》と微笑んだ。

おそらく、生涯で一番の微笑みであったにちがいない。

「わたしの分け前は二千両でけっこうですよ。のこりはぜんぶ旦那に差しあげます」

一生遊んで暮らせるだけの金を手にして女を逃すか、それとも、天の裁きに委ねるか、決断ひとつで明日からの人生は変わる。

勘兵衛の脳裏に、夢のような出来事が瞬時に駈けめぐった。

仕度金があれば、綾乃を旗本へ輿入れさせてやることもできよう。

おふうには大きな店をもたせ、自分は悠々自適の隠居暮らしを送ればよい。

好きなところへ旅にも行ける。おふうと贅沢な宿に泊まり、ゆったり温泉に浸かり、旬《しゅん》の食べ物を食いつくすのだ。

「ふははは、何やら楽しくなってきたな」

「そうでしょうとも」

「夢ってやつは描くだけでも楽しい」

「旦那」

「おくず、あきらめな。所詮、おれは大金とは縁のねえ臨時廻りだ」

べらんめえ調で吐きすてると、おくずは弾けるように笑いころげた。

「やっぱり、こうなるとおもっていましたよ、旦那をひと目みたときからね」

おくずは長火鉢の灰に、煙管をずさっと突きさした。

素早く袖に手を突っこみ、小瓶を取りだしてみせる。

「お、何だそれは」

「烏頭ですよ」

おくずは小瓶の蓋を開け、琥珀色の液体をくっと呷《あお》った。

「やめろ」

「もう、この世に未練は……あ、ありません」

おくずは横倒しになり、激しくからだを痙攣させた。

抱きおこす暇もなく、白目を剝いて逝ってしまったのだ。

「莫迦たれが」

勘兵衛は身を寄せ、おくずの瞼《まぶた》を閉じてやった。

最初《はな》から、こうした結末を予期していたのかもしれない。

惨《みじ》めに市中を引きまわされるよりは、あっさり死なせてやろう。

心の片隅では、そんなふうにおもっていた。

が、はたして、それでよかったのかどうか、自分でもよくわからない。

息苦しさから逃れて廊下へ出ると、いつのまにか空は白みかけていた。

霧のような時雨が、音もなく降っている。

藤吉に斬られた頰の金瘡《きず》が、今になって疼きだした。

かごぬけ鳥

一

やわらかな午後の光を浴びながら、勘兵衛は小網町辺を見廻っていた。

菅笠《すげがさ》を手にした遍路《へんろ》装束《しょうぞく》の娘がひとり、思案橋の欄干にもたれ、堀川の汀《みぎわ》を凝視《みつ》めている。

眼差しのさきでは、嘴《くちばし》の紅い雀のような小鳥が二羽、仲良く羽づくろいをしていた。

「相思鳥《そうしちょう》か」

雌雄の飼い鳥が鳥籠《とりかご》を抜け、迷いこんできたのだろうか。

「おうい、そこで何をしておる」

勘兵衛は旅装の娘に声を掛け、右手を大きく振った。

はっと気づいた娘は腰を引き、踵《きびす》をかえすや、脱兎のごとく駈けだす。

「お、待て」

まさか、逃げられるとはおもってもみなかったので、勘兵衛の足は空回りせざるを得なかった。

娘は橋を渡り、とんでもない速さで四辻を曲がって消えた。

「まったく、しょうがねえな」

勘兵衛は溜息を吐き、思案橋の手前を右に折れた。

芳町《よしちょう》の陰間茶屋《かげまぢゃや》を横切り、抜け裏から大路へ出る。

葺屋町河岸の道は、芝居見物から帰ってきた人々で埋まっていた。

霜月《しもつき》といえば芝居正月、市村座や中村座のある二丁町の界隈は、連日、着飾った町屋の女房たちで賑《にぎ》わっている。親父橋のそばにある自身番には、道案内を請う田舎者や迷い子を捜す親などが訪れ、息をつく暇もないほどの忙しさであった。

だが、夕七つになると芝居もはけ、忙しさは一段落する。

勘兵衛は小半刻ほど二丁町を見廻り、仕上げに自身番を訪ねてみた。

そこは九尺二間《くしゃくにけん》の狭い小屋、屋根には半鐘のぶらさがった物見台がある。

自身番はどこへ行っても、判で押したようにおなじつくりだ。

表戸は腰高障子の引違え、一枚は「自身番」と筆太に書かれ、もう一枚は「葺屋町」とある。外周には駒つなぎ柵が張りめぐらされ、これみよがしに、突棒、刺股、袖搦《そでがら》みの三《みつ》道具《どうぐ》が飾られ、左三尺の板壁には、纏《まとい》、提灯、鳶口《とびぐち》などの火消道具が常備されている。

表の腰高障子は、いつも半分開いていた。

外から「番人」と呼びかけると、たいていは「ははあ」という殊勝な返事がもどってくる。つづいて「何事もないか」と訊《き》けば「へへえ」と応じるのが、長年の慣習だった。

ははあにへへえ、それでたいていはまるくおさまる。

咽喉《のど》が渇けば茶の一杯も馳走になるが、なにぶん廻り同心は自身番を一日に何十箇所と廻らねばならない。できるだけ余計な手間は省きたかった。ゆえに、平常は声を掛けるだけで通りすぎるのだが、今日ばかりは事情がちがっていた。

総白髪の町役人《ちょうやくにん》があらわれ、困りきった顔をしてみせたのだ。

「長尾さま、ごくろうさまにございます」

「おう、嘉《か》右《え》衛門《もん》、どうした」

「とりあえず、なかへどうぞ」

「ふむ」

勘兵衛は、狭苦しい自身番のなかへ招じられた。

障子のむこうは三尺張りだしの式台、地べたには玉砂利が敷きつめられている。

上がり框《かまち》のむこうは畳の三帖間で、火鉢や茶道具などが置かれ、家主である嘉右衛門のほかに番人の留造《とめぞう》と店番の半六《はんろく》が詰めていた。

みな、神妙な面つきで黙っている。

三人とは軽口を交わす仲だけに、勘兵衛は心配した。

「いったい、どうしたというのだ」

腰高障子で区切られた奥は、三帖大の板の間になっている。

酒癖の悪い連中が鎖に繋《つな》がれ、留めおかれる部屋でもある。

その板の間から、啜《すす》り泣きが聞こえてきた。

「嘉右衛門、誰かおるのか」

「はい、迷い子ならぬ迷い娘でして、何を訊いても、うんともすんとも応えません」

「ふうん」

「旦那、何とかしてもらえませんかね」

胡麻塩《ごましお》頭の留造が、そっと障子を開けた。

板の間には窓が無く、四方の壁もすべて板張りだった。

殺風景な壁の中央には、鎖を繋ぐ鉄環がさがっている。

娘は斜め座りになり、鉄環の下でしくしく泣いていた。

地味な小袖のうえに薄汚れた白帷子《しろかたびら》を纏い、手甲脚絆《てっこうきゃはん》を着け、かたわらには菅笠が伏せてある。

「おぬし……」

おもわず、勘兵衛は唾《つば》を呑んだ。

「……思案橋におったな」

娘が涙で濡れた顔をあげた。

ろくにものも食べていないのだろう、げっそり痩せている。

年の頃なら十七か八、垢じみた扮装《いでたち》をしているが、肌は白い。

横顔にあどけなさはのこっているものの、物腰に媚《こ》びるような色気がある。

未通娘《おとめ》でないことだけは、勘兵衛にもすぐわかった。

「案ずるな、煮て食おうというわけではない」

優しく語りかけると、娘はこっくり頷《うなず》いた。

「江戸は、はじめてか」

「へえ」

「何処からまいった」

「京からどす」

「なに」

四人が四人とも、驚きの声をあげた。

が、驚くのはまだ早い。

「京の島原におりました」

「まさか、廓《くるわ》におったと」

「へえ」

娘はなんと、廓に暮らす遊女なのだ。

丹波《たんば》にある貧農の娘で、十四のときに苦界《くがい》へ売られたらしい。

「年は十六、名はおこまどす」

蚊の泣くような声で洩らし、おこまは悲しげに睫毛《まつげ》を伏せた。

経緯を聞けば、情を交わした東男《あずまおとこ》との邂逅《かいこう》を果たすため、島原でも一、二を争う大籬《おおまがき》から逃れてきたという。

「足抜けか、驚いたな」

おもいつめた遊女の一途さが、信じられない行動をとらせたのだ。

廓から逃れたのも、江戸へたどりつけたのも、あり得ぬことというよりほかにない。

おこまは巡礼の物乞いに化け、女手形も無しに東海道を下り、いくつもの関所を越えてきた。

手形の無い女のひとり旅は、それだけで罪になる。

「こいつは厄介だぞ」

町役人たちは、深々と溜息を吐いた。

厄介事に関わるのが、何よりも嫌いな連中なのだ。

「嘉右衛門よ」

勘兵衛は板の間に屈みこみ、重々しく発してみせる。

「この娘には、のっぴきならねえ事情がある。そいつがはっきりするまで、娘のことは誰にも喋《しゃべ》るな」

「で、でも、旦那」

「責めはわしが負う、まかせろや、な」

「旦那がそこまで仰《おっしゃ》るんなら、おまかせいたしましょう。ただし、自身番にゃ置いておけませんよ」

「それもそうだな。こんな窓無し部屋では、おこまも息苦しくてしかたあるまい」

「どういたします」

「よし、ひとっ走り頼む、福之湯の銀次を連れてきてくれ」

「承知いたしました」

嘉右衛門の指図で、若い半六が外へ飛びだした。

おなじ町内の「福之湯」ならば、部屋数も豊富にある。

女房のおしまは情け深い女なので、娘を置いてくれるにちがいない。

ほどもなく、銀次がやってきた。

「旦那、足抜けですって。京の島原といや一流も一流、へへ、娘の顔をとっくり拝ましてもらいやすぜ」

銀次はどたどた踏みこんでくるなり、おこまを無遠慮に睨《ね》めまわす。

「あれ、まだ小便臭え小娘じゃねえか」

「銀次、怖がらすな」

「へ、すんません。それにしても、おもいきったことをしでかしたもんだ。そのほそっこいからだで東海道を下ってくるとはなあ。いってえ何日掛かったんだい」

娘は脅え、固い殻のなかに閉じこもった。

替わりに、勘兵衛が応えてやった。

「おこまは京洛の鴨川から大文字焼きを眺め、その足で三条大橋を渡り、粟《あわ》田《た》口《ぐち》を東へ抜けたそうだ」

「大文字焼きってな、いつです」

「文月《ふづき》の十六日さ。なんと江戸まで三月半《みつきはん》も掛かったというわけだ」

「そいつは……さぞや、しんどかったにちげえねえ」

「ああ、生きておるのが不思議なほどだ」

これも情を交わした男への強い恋情《おもい》がなせるわざ、人の底力とは計りしれないものだと、勘兵衛はおもう。

「銀次、当面はおぬしのところで世話してやれ」

「そうくるとおもって、おしまにゃはなしをつけときやしたぜ」

「察しが良いな。よし、そうときまったら善は急げ、娘を板の間から救いだしてやろう」

おこまは顔面蒼白となり、額に玉の汗を滲《にじ》ませている。

勘兵衛が手を差しのべた。

「どうした、だいじょうぶか」

「旦那、旅の疲れが一気に出たにちげえねえ」

「そうだな、うちの藪《やぶ》医者に診せるか」

「でも、仁徳先生は金瘡医《きんそうい》でやしょう」

「漢方の知識もある」

おこまが、ことりと身を横たえた。

「旦那、気絶しちまいやしたぜ」

「可哀想に、背負ってやれ」

「へい」

銀次は、おこまを軽々と背負った。

「こいつは……鳥の羽みてえに軽いや」

外へ出ると、西の空一面が紅蓮《ぐれん》に染まっていた。

十六の娘にとって、廓暮らしは過酷以外のなにものでもあるまい。

だが、抜けだすには並々ならぬ勇気がいったはずだ。捕まれば、想像を絶するほどの厳しい仕置きが待っている。駒鳥よろしく籠のなかで飼われていさえすれば、すくなくとも生きながらえることはできる。

それでも、おこまは廓を抜けた。

東海道を下って、江戸までやってきた。

ここまで娘を真剣にさせた男のことが、勘兵衛は恨めしかった。

二

おこまは三日三晩昏々《こんこん》と眠りつづけ、四日目の朝に起きた途端、猛烈な食欲をみせた。

そして空腹が満たされると、親身に看病しつづけた綾乃に縋《すが》りつくように礼を述べ、襷《たすき》掛けになってみせるや、一心不乱に床の拭き掃除をやりはじめた。

「無理をしてはいけませんよ」

綾乃がいくら諭《さと》しても聞かず、おこまは終日、甲斐甲斐しく働いた。

廓の女は掃除も洗濯もやらぬはずだが、おこまは十三まで貧しい農家の娘だった。

幼いころから弟や妹の守《も》りをやらされ、田植えや畑作りや水汲みなどにも勤《いそ》しんできた。

「身を粉にして働きますよってに、なんでもお申しつけくだはれ」

おこまは床に額を擦《こす》りつけ、勘兵衛と綾乃に感謝の意をあらわした。

生来の明るい性分も手伝って、長尾家にすぐさま馴染んでしまったのだ。

一方、姉妹のない綾乃にとって、六つ年下の愛らしい娘は妹のように映っていた。

「父上、あの娘を置いてやってくだされ」

勘兵衛は愛娘の懇願を容れ、おこまを家で預かることにしたのである。

寒中丑《うし》の昼餉《ひるげ》、銀次が手土産を携えて訪れた。

「おこまに精をつけてもらおうと、へへ、こいつをね」

鰻の筏《いかだ》焼きである。

「ありがたい、さっそく食おう。綾乃、綾乃」

勘兵衛が縁側から奥へ呼びかけると、綾乃がおこまを連れてあらわれた。

「あら、親分さん、いらっしゃい」

「山谷堀《さんやぼり》の鰻ですぜ、ほら、まだ焼きたてで温けえ。丼飯にのっけりゃ、へへ、そのまんま食えまさ」

「ご飯はあるし、山椒《さんしょう》とお新香を添えて、いただきましょうか。ね、おこまちゃん」

おこまは物珍しそうに、鰻を眺めている。

銀次が首をかしげ、小さな顔を覗きみた。

「おめえ、まさか、知らねえわけはねえよな。背開きと腹開きのちげえはあっても、上方にも鰻の筏焼きはあるはずだぜ」

「銀次、京の鰻はたぶん白焼きだ。江戸者好みの甘いたれは使わぬぞ」

「ほへえ、そうなんですかい」

ふたりが鰻談義に花を咲かせるあいだに、綾乃は素早く昼餉の仕度を済ませた。

「ちょっとお行儀が悪いけど」

縁側に箱膳と飯櫃《めしびつ》が四人前用意された。

「さあ、食うぞ」

勘兵衛は麩《ふ》の吸物を啜り、鰻丼《うなどん》にかぶりつく。

おこまは恐る恐る箸《はし》を動かし、鰻の切れ端を口に入れるや、にっこり微笑んだ。

銀次が箸を嘗《な》める。

「どうでえ、おこま、美味えだろう」

「へえ、こないな美味しいもの、食べたことありまへん」

「大袈裟なやつめ」

「ほんまどす、ほんまに……美味しい」

おこまは白米を頬張りながら、べしょべしょ泣きはじめた。

「おいおい、泣くことはあんめえ」

と、そこへ、仏頂面の仁徳がやってきた。

「みんな揃うておるな」

「何用ですか」

「うぽっぽ、そりゃねえだろ。おめえらだけで鰻を食いおって」

「先生のぶんもごぜえやすぜ」

「ん、そうか」

銀次が口を挟むと、仁徳はみっともないほどの笑顔をつくった。

綾乃が奥へ立ち、新たに丼飯をひとつ用意する。

仁徳はおもむろに、黒漆印籠蓋《いんろうぶた》の小箱をとりだした。

「これを、おこまにとおもうてな」

「ん、何であろう」

勘兵衛が顎《あご》を突きだすと、鯰髭《なまずひげ》の藪医者は恥ずかしそうに鼻を掻《か》いた。

「紅箱じゃ」

「紅箱、なるほど、寒中丑紅《かんちゅううしべに》か」

「さよう」

寒の紅ともいう。

霜月最初の丑の日に紅をさせば、女は丈夫なからだを保つことができるとか。

分厚い本草書にも「口中荒れたるによし」と記載されているので、何らかの薬効はあるのだろう。いずれにしろ、寒中につくられた品は「寒晒《かんざら》し」と称され、誰からも珍重される。

だが、こと丑紅に関していえば、紅屋の巧妙な仕掛けが裏にあった。軒先に紅染めの小旗を靡《なび》かせた紅屋が「本日うしべに」の宣伝文句のもと、なりふりかまわずに売りさばく品なのだ。

　これが飛ぶように売れる。

　なかでも、日本橋本町二丁目にある「角玉屋《かどたまや》」の紅は格別に人気があった。

「無論、これは角玉屋の紅じゃ。ほれ、景品《けいぶつ》の撫牛《なでうし》もあるぞ」

　仁徳は自慢げに洩らし、黒漆塗り二寸大の臥牛《がぎゅう》を取りだした。

「これも、おこまにやろう。何しろ縁起物じゃからな」

　おこまは俯《うつむ》き、顔もあげられない。

　仁徳には危ういところを救われた。命の恩人だとおもっている。

「ねえ、だいじょうぶ」

　綾乃が肩に触れると、おこまは床に両手をついた。

　長い睫毛を伝って、涙の雫《しずく》がぽたぽた落ちてくる。

「みなさまのお気持ちが……ほんに、もったいのうございます」

　銀次はずりっと洟《はな》を啜り、綾乃も貰い泣きしている。

　仁徳はといえば、素知らぬ顔で鰻丼をかっこみはじめた。

そろそろ、肝心なことを聞かねばなるまいと、勘兵衛はおもった。

おこまには、男に邂逅するという目的がある。

その相手が誰なのか、聞いても罰は当たるまい。

綾乃はおそらく、ひと肌脱いでやれと言うだろう。

だが、余計なお膳立てをするつもりは毛頭なかった。

男と女のことだ。本人同士で解決する以外に方法はなかろう。

だいいち、男がどれだけ島原へ通いつめたかは知らぬが、遊女への操立《みさおだ》てが本気かどうかは疑わしいはなしだ。

所詮、廓の褥《しとね》で交わされた男と女の会話なのである。

かならずもどってくる、いずれ請けだしてやると約束したところで、九割方は男の嘘と知るべきだろう。

島原の遊女ならば、それくらいのことはわきまえている。

だが、おこまはちがった。幼すぎた。本気と嘘の見分けがつかず、男に情を移してしまった。そうでなければ、命を懸けてまで廓を逃れ、たったひとりで不案内な江戸へ下ってくることはしなかったはずだ。

おこまは袖で涙を拭き、つっと顔をあげた。

「これも何かのご縁でおます」

じつをいえば、訪ねあてたい相手というのは、紅屋の若旦那だというのである。

「名は」

「扇屋の若旦那で清吉《せいきち》さま」

おこまは、ぽっと頬を紅く染める。

三年ほど足繁く通った清吉と、おこまは後朝《きぬぎぬ》の別れをした。

「お江戸にご用があるからと、主《ぬし》さんは行かはった。でも、お約束してくれはりました。盂蘭盆会《うらぼんえ》が済むまでには、きっと迎えにくる。鴨川の河原から、いっしょに大文字焼きを見物しようって、主さんはそないに仰ってくれはったのどす」

「おこまちゃん」

綾乃が小さく溜息を吐く。

約束したにもかかわらず、清吉は廓にあらわれなかった。

それでも、おこまはどうしても、あきらめることができなかった。

「生まれてはじめて、人を好きになったのどす」

好いた相手を信じたかった。

誠実を絵に描いたような清吉が、約束を破るはずはない。

きっと身に不幸が降りかかり、足をはこびたくてもできなかったのだ。

おもいこんだら、じっとしていられず、気づいてみたら廓を抜けだしていた。

ひとりぼっちで大文字焼きを眺めていたら、涙が溢《あふ》れて止まらなかった。

それでも、清水の舞台から飛びおりるつもりで、三条大橋を渡りきった。

あとはひたすら、江戸へたどりつきたい、たどりつかねばという一念で、おこまは東海道を歩みつづけたのだ。

「ちっ」

銀次が横をむき、舌打ちをかました。

仁徳は庭木を眺めながら、煙管《キセル》を燻《くゆ》らしている。

勘兵衛は撫牛を拾いあげ、黒光りした鼻面を指で擦った。

遊女に紅を売る商家の若旦那が、情まで売ろうとするだろうか。

――どうせ、口八丁手八丁の道楽者にちげえねえ。

そうと察していながらも、誰ひとり口に出すことができなかった。

三

薬研堀《やげんぼり》で紅屋を営む「扇屋」の清吉は、想像どおりの放蕩者《ほうとうもの》だった。

「年は二十歳、色の青っちょろい優男でさあ。奉公人どもの噂によりゃ、廓遊びが過ぎて何度も久離《きゅうり》を切られる寸前までいったとか」

銀次は苦い顔で喋りつづける。

「商いの修業と称して三年ほど上方に出向いておりやしてね、おこまとはそんときに知りあった。おおかた、惚れたの腫《は》れたのと歯の浮くような台詞をならべ、十六の娘の気持ちを弄《もてあそ》んだのでしょうよ」

おこまは戯れ言を本気にとり、一念発起して江戸まで追いかけてきた。

「さあてお立ちあい、遊女の恋の結末やいかに。小屋に掛かっている芝居よりか何倍も面白え見世物だな、こりゃ」

「銀次、見世物ではないぞ、おこまは真剣だ」

「そりゃそうでしょうけど、旦那、おこまに清吉のことを教えてやらねえんですかい」

「綾乃を通じて、それとなく諭してはみた。男の嘘を真に受けたら莫迦《ばか》をみるぞとな」

「おこまは何と」

「清吉はそんな男じゃないの一点張りよ」

「病いは重いな」

「わしらが何を言おうと、自分の目と耳で確かめないかぎり、おこまは納得せぬ。なにしろ、着の身着のままで京からやってきたのだ、芯の強さは天下一品さ」

「強情で一途、情け深え、しかも、あれだけの縹緻《きりょう》ときてる。あの娘、ぞろっぺいな若旦那なんぞと出逢わなきゃ、島原一の花魁《おいらん》になっていたかもしれねえな」

「それが女の幸せかどうかはわからんぞ」

「今よりゃずっとましですぜ。なにせ、いちど逃げた飼い鳥は鳥籠のなかへ二度ともどれねえ。もどれねえどころか、生涯、追っ手に脅えながら暮らさなきゃならねえんだ」

銀次が指摘するとおり、足抜け女郎への追跡は厳しい。

遊女屋に雇われた強面《こわもて》の連中が、草の根を分けてでも捜しだそうとするだろう。

「江戸であろうと、うかうかできねえ」

客筋から清吉の名が浮かべば、追っ手はかならず東海道を下ってくる。

「旦那、そうなったら厄介ですぜ」

「まあな」

おこまはみつけだされたら最後、半殺しの目にあい、場末の岡場所へ叩き売られる。

抱え主にしてみれば、それがほかの遊女へのみせしめになる。足抜けは損だとおもいこませるためにも、おこまを抛《ほう》ってはおけない。

廓には廓の掟がある。暗黙の了解で、不浄役人は口出しできないことになっている。

鳥籠から逃げだした鳥は、死ぬまで逃げつづけなければならない。

「行き先もさだまらねえ、迷い鳥の人生でさあ」

「迷い鳥か」

十六の娘は、過酷な人生を歩まねばならぬ。

「そうさせた男を恨みつつ、自分の愚かさを嘆くしかねえんですよ」

銀次の言うとおりかもしれない。

だが、勘兵衛は一筋の光明を探していた。

――人生ってものは、それほど捨てたもんじゃねえ。

そう、不幸な娘に胸を張って告げてやりたかった。

願いとはうらはらに、事態はどんどん悪いほうへむかっているような気がする。

「銀次、それとなく、あの娘を見張っててくれ」

「へえ」

　おこまは朝未《まだ》きから起きだし、終日、掃除に洗濯に買い物にと働きづめに働いた。そうすることでしか、感謝の気持ちをあらわせない。神仏にも感謝しながらやっていることなので、働くことはまったく苦にならないという。

　おかげで、長尾家の床や柱は鏡のように磨きぬかれ、家には塵《ちり》ひとつない状態になったが、綾乃の不安は日増しに募っていった。

　おこまは健気にも、他人のまえでは元気いっぱいに振るまっているものの、ひとりになれば鬱《ふさ》ぎこんでいる。夜通し魘《うな》され、様子を窺うたびに褥のうえで泣いている。いくら慰めても、慰めようがないのだと、綾乃は嘆いてみせた。

　十日後、おこまはぷっつり消えた。

　――この御恩はどれだけ感謝しても足りまへん。お世話になりました。もうこれ以上、甘えられまへん。

　拙い字で書かれた置き手紙と、仁徳から貰ったはずの紅箱、それから縁起物の撫牛をのこしたまま、十六の娘は煙のように消えてしまったのだ。

　その日は朝から風が強く、偶《たま》さか神楽坂方面に捕物出役があり、勘兵衛も銀次も駆りだされ、夕刻まで手が放せなかった。

ゆえに、綾乃からおこまの失踪を報されたのは、暮れ六つの鐘が鳴ったあとだった。

聞けば、仁徳が薬研堀の「扇屋」に当たりをつけ、綾乃ともども、おこまの行方を訊いてはみたらしい。ところが、門前払いを食らってしまった。

応対に出てきたのは、白粉《おしろい》を壁のように塗りたくった内儀であった。

「清吉の母親だ、猪豚《いのぶた》なみに肥えた女でな、不細工なくせして木で鼻を括《くく》ったような物言いをしやがった。おこまなんて娘は知りません、知っていても喋る気はありません、だとよ。小便垂れの清吉ってのは扇屋の一人息子だ、乳離れのできねえ腰抜けさ」

仁徳の人物評はいつも辛辣《しんらつ》だが、おおきくはずれたことはない。

老舗の「扇屋」は、内儀のおつるが仕切っている。主人の清右《せい》衛《え》門《もん》は手代から成りあがった入り婿で、おつるにあたまがあがらない。放蕩息子の清吉が久離を切られて「お帳つき」にならずに済んでいるのも、母親のおつるに溺愛されているからだ。

勘兵衛は銀次を連れ、さっそく、両国広小路側の薬研堀へむかった。

元来、薬研堀は御米蔵への船輸送をおこなう入り堀だったが、御米蔵が築地へ移転したのち、河口部をのこして埋めたてられた。

堀留には薬研堀不動があり、毎月二十八日の縁日には江戸でも屈指の植木市が立つ。

今日は植木市はみられないものの、冬至を控えて柚子《ゆず》や南瓜《かぼちゃ》などを売る百姓の屋台がならんでいた。

境内から西を仰げば、紅屋の目印である紅旗が冷たい川風に煽《あお》られている。

「旦那、あれが扇屋ですよ」

「お、そうか」

「紅の景品はやっぱし、撫牛でさ」

牛を景品に使うという発想は、寡兵の木曽義仲《きそよしなか》軍が平氏の精鋭を敗った倶利伽羅峠《くりからとうげ》の戦いに依拠しているらしい。

峠の頂部に陣取った義仲は、数多《あまた》の牛を駆りあつめて角に紅旗を結び、逆落としに放って平氏の軍勢を潰滅させた。倶利伽羅峠で勝利を摑《つか》んだのち、源氏は京へ雪崩《なだ》れこみ、驕《おご》る平氏を都から追いはらうことに成功した。

だが、おこまは撫牛の運にあやかろうともせず、自力で決着をつけにきた。

「見上げた小娘よな」

「まったくで」

おこまは「扇屋」を訪れたにちがいない。

そして、おつるが高い壁となって立ちはだかったのだ。

おこまが消え、すでに、丸一日が過ぎようとしている。

勘兵衛は、焦りを募らせた。

いつもと様子が異なり、笑みはない。

怒りを溜めた五体から、湯気がむらむらと立ちのぼっていた。

「たのもう、たのもう、誰かいねえのか」

勘兵衛は「扇屋」の敷居を跨《また》ぎ、喧嘩腰で声を張りあげた。

「内儀を呼べ」

応対に出た手代は頭ごなしに怒鳴りつけられ、そそくさと奥へ引っこんだ。

すぐさま、おつるがあらわれた。

丸髷《まるまげ》に柘植《つげ》の櫛《くし》、身に纏った小紋は地味な色合いだが、大奥の局《つぼね》も顔負けの堂々とした物腰である。

「これはお役人さま、なんぞご用でしょうか」

仁徳が愚痴ったとおり、木で鼻を括ったような態度だ。

「いけすかねえ」

ちんと、勘兵衛は手鼻をかむ。

上がり框を袖で拭き、ひょっこらしょと腰をおろす。

怪訝《けげん》な顔のおつるにむかって、勘兵衛はぶっきらぼうに吐きすてた。

「この店は客に茶も出さねえのか。恐れ入谷の鬼子母神《きしもじん》だぜ」

おつるが手代に目で合図すると、すぐに茶が出てきた。

ひと口啜り、勘兵衛はぺっと土間に吐く。

「銀次、呑んでみろい、ひでえ茶だぜ」

「どれどれ……うへっ、旦那の仰るとおりだ。渋すぎて舌が痺《しび》れちまう」

「お役人さま、宇治の新茶ですよ」

「宇治茶か、それにしちゃずいぶん渋いな。淹《い》れた者に真心がねえと、こうなるんだ」

「あの、ご用件は」

おつるは焦《じ》れったそうに膝を躙《にじ》りよせる。

勘兵衛の仕種は、どこまでも芝居がかっていた。

「内儀、用件ってほどのことでもねえ。そういや、吉原大門そばの江戸町でも角玉屋と扇屋が籬をならべて張りあっていたっけなあ。扇屋てえ屋号は、そっからとったのかい」

「手前どもは創業六十年を数えます。なにぶん古いことなので、屋号の由来までは存じかねます」

「そうかい、古いことは忘れても、新しいことは憶えているはずだぜ。なあに、紅屋ご贔《ひい》屓《き》の廓に関わることさ。ところで、清吉はどうした」

「おりません」

「何処におる」

「存じあげません」

「廓だな。そうやって母親が甘やかすから、息子は腐っちまうんだよ。今日、十六の娘が訪ねてきたはずだ」

「十六の娘」

「とぼけるんじゃねえ。嘘を吐くと承知しねえぞ」

「は、はい……訪ねてまいりましたが」

「京訛《なま》りの娘だな」

「はい」

「何て言った」

「清吉に逢いたいと」

「おめえは何て応えたんだ」

大柄のからだを縮め、おつるは俯いた。

「内儀、黙ってちゃわからねえな」

「せ、清吉は死んだと……そう、応えました」

「なんだって」

「そうでも応えねばあの娘、何をしでかすかわかったものではありません」

おつるは震える声で喋りきり、両手を床についた。

「それで、おめえは咄嗟《とっさ》に、とんでもねえ嘘を吐いたってわけか」

「いけませんでしたか」

居直ってみせるおつるにむかって、勘兵衛は噛《か》んでふくめるように諭す。

「あの娘はなあ、おめえの莫迦息子に騙《だま》されて、命懸けで廓を抜けた。そして三月余りもかけ、わざわざ京から出てきたんだぜ。それをよ、おめえは袖にしやがった。息子可愛さの余りか、それとも、世間体を気にしたか、どっちにしろ、おめえは娘の気持ちを汲みとろうともしなかった。まあいい、つづきを喋ってみろい」

「あの娘は、お墓を教えてほしいと申しました」

「墓だと」

「清吉を葬った墓に詣りたいと、かように申します」

「まさか、教えたんじゃねえだろうな」

おつるは板の間に目を落とし、教えたと吐いた。

「あんだと」

「お、お墓は、浅草の西方寺《さいほうじ》にあると教えました」

「西方寺といえば土手の道哲《どうてつ》、おめえが教えたのは投げこみ寺じゃねえか」

自分たちの檀那寺《だんなでら》でも何でもない。ただ、おつるはおこまを遊女と察し、投げこみ寺を連想したらしい。

「血のかよった人のすることじゃねえな。おめえは鬼か」

おつるは、墓の場所までは教えなかった。無いのだから、教えられるはずはない。

おこまは途方に暮れながらも、丁寧にお辞儀をして立ちさったという。

もはや、紅屋に長居は無用だ。

やおら腰をあげたところへ、主人の清右衛門が所用から舞いもどってきた。

痩せぎすの気弱そうな男である。

おどおどした態度で頭をさげ、挨拶《あいさつ》しようとする。

すかさず、勘兵衛は嚙みついた。

「てめえが扇屋の主人か。いつまでも女房の尻に敷かれてんじゃねえぞ」

清右衛門はわけがわからず、口を鯉のようにぱくつかせる。

阿呆面をひっぱたいてやりたくなったが、ぐっと我慢をきめこんだ。

勘兵衛は外へ飛びだすや、銀次とふたり柳橋にむかって駈けだした。

四

柳橋から猪牙《ちょき》を使えば、今戸橋《いまどばし》の船着場まではさほど遠くない。

山谷堀の堀端をのぼって吉原までは、俗に土手八丁と呼ばれる日本堤が一直線に延びている。

その日本堤の南端に、土手の道哲こと西方寺はあった。

土手は日本堤、道哲は開基の名というが、さだかではない。

三ノ輪の浄閑寺《じょうかんじ》とともに、吉原遊女の投げこみ寺としても知られている。墓所には伊《だ》達綱宗《てつなむね》が愛した万治高尾《まんじたかお》の墓があり、薄雲太夫《うすぐもだゆう》の猫塚も築かれていた。遊女には馴染みの深い寺である。

日没、闇の帷《とばり》が降りたころ、勘兵衛と銀次は西方寺の山門を敲《たた》いた。

応対に出た寺僧に事情を糺《ただ》しても、おこまのことは知らないという。

ともかく、墓所を調べさせてほしいと頼み、渋々ながらも承諾を得た。

寺院内は寺社奉行の管轄なので、町奉行所の廻り同心が寺門をくぐることは滅多にないのだ。

「銀次、さっきから胸騒ぎがしてしょうがねえんだ」

「あっしもでさあ」

「比翼塚の逸話をおもいだしちまってな」

「小紫《こむらさき》でやすね」

吉原随一と謳われた小紫太夫は、めでたく大尽に請けだされた当日、鈴ケ森で処刑された情夫の墓前で咽喉を突いた。深い情で繋がった男女の菩提《ぼだい》を弔うべく、目黒の東昌寺《とうしょうじ》には比翼塚が築かれた。

誠を貫いた遊女の後追い心中、この逸話は人々の涙を誘う芝居にもなっている。

「もっとも、小紫の情夫は泣く子も黙る平井権八《ごんぱち》、紅屋のやわな若旦那とはどだいわけがちがう」

「銀次、でもな、比翼塚は遊女たちの憧れ、誰もが小紫になりてえとおもっている。おこまも、きっとそうにちげえねえ」

「この寺にも塚はありやすぜ」

「おうよ、高尾塚に猫塚だ」

寺僧に提灯を借り、ふたりは本堂の裏手へまわった。

墓地には生臭い風が吹き、墓石の狭間に火の玉が過《よ》ぎったような錯覚さえおぼえる。

「旦那、だめだ、あっしはこっからさき、一歩もすすめねえ」

「おめえってやつは、ほんとに恐がりだな」

「すんません」

「しょうがねえ、提灯を寄こせ」

勘兵衛はぶら提灯を引ったくり、墓所の奥へ足をむけた。

一隅に高尾塚がある。奥には襟掛け地蔵が安置された祠があり、すっかり葉の落ちた紅葉の樹が骨のような枝を投げかけている。

昼間でも薄暗いところだ。提灯がなければ、それこそ、一寸先は闇であろう。

勘兵衛は高尾塚の石碑に一礼し、周囲を隈無く捜しまわった。

おこまのすがたは、何処にもない。

ほっとすると同時に、がっかりもした。

「いったい、何処へ消えちまった」

おこまのことだ。あるはずもない清吉の墓を求めて、墓所の隅から隅まで探しあるいたにちがいなかった。

外気は冷たいのに、額にはうっすら汗が滲んでくる。

勘兵衛はようやくあきらめ、踵を返しかけた。

と、そのときである。

五間も離れていない墓石の背後から、大きな影が突進してきた。

「うわっ」

ふいを衝かれ、勘兵衛は仰《の》けぞった。

仰けぞりつつも、背中の十手を引きぬいた。

「ぬおっ」

熊のような大男が頭上へ覆いかぶさってくる。

勘兵衛は咄嗟に、十手の先端を突きあげた。

がつんという手応えとともに、男の膝が抜けおちた。

どうやら、顎に当たったらしい。

男は地べたに俯し、ぴくりとも動かない。

勘兵衛は歩みより、足で巨体をひっくりかえす。

屈みこみ、提灯を顔に翳《かざ》してみた。

「ん」

男は左目だけ白目を剝《む》いている。

右目は空洞だった。古傷だが、刃物で剔《えぐ》りとられた痕跡が窺えた。

しかも、隻腕《せきわん》である。こちらも古傷で、右腕が肩口からもぎとられていた。

「こやつ」

知らぬ顔ではない。それどころか、ひとかたならぬ縁のある男だ。

「雁次郎《がんじろう》じゃねえか」

五年前まで、吉原の四郎兵衛《しろべえ》会所《かいしょ》に雇われていた鉄棒《かなぼう》引《び》きである。

四郎兵衛会所とは遊女の逃亡を防ぐ砦《とりで》、大門脇に築かれている。鉄棒引きは火の用心を呼びかける夜廻りのことで、揃いの仕着せを纏い、厳《いか》めしげに鉄棒を携え、たいていは屈強な男が選ばれた。

雁次郎は大名お抱えの元力士、腕っぷしは滅法強く、寡黙な男だった。

そんな雁次郎がとある遊女に岡惚れし、よせばいいのに足抜けを手伝った。

遊女はまんまと逃げおおせたが、雁次郎はみずから会所に戻り、掟によって半殺しの目にあわされた。

勘兵衛は偶さか、半殺しの場に出くわした。

浅草田圃《たんぼ》の一角、夕暮れで凩《こがらし》が吹きあれていた。

寡黙で律義者の鉄棒引きは、そのとき、十手持ちの口利きで命だけは拾ったものの、右目と右腕を失ったのである。

勘兵衛は雁次郎を哀れにおもい、矢場の用心棒や香具師《やし》や植木職といったさまざまな働き口を紹介してやった。が、いずれも長続きせず、二年前から行方知れずになっていた。

「おい、しっかりせい」

半身を起こして活を入れると、雁次郎は正気にもどった。

野太い首を捻《ひね》って勘兵衛を凝視め、あっという顔をする。

「うぽっぽの……旦那ですかい」

「おう、そうだ」

「墓荒らしかとおもいやしたぜ」

「はは、そりゃすまなかったな。ところで、おぬしこそ、こんなところで何をしておる」

「墓守《はかもり》でさあ」

「ほう、墓守になったのか」

「とどのつまり、吉原の膝もとへ舞いもどってきちまったというわけで」

「しかも、落ちついたさきが投げこみ寺とは、おぬしらしいな」

「へへ」

「そうだ、邂逅を懐かしがってる場合ではない」

「もしや、誰かを捜していなさる」

「察しがよいな」

「京訛りの娘ですかい」

「へい、旅装束で雀色刻にあらわれやしてね、墓地のなかをさんざ彷徨《うろつ》いたあげく、あの娘、何をしでかしたとおもいます」

「高尾太夫に花でも手向けたのか」

「いいえ、短刀で咽喉を突こうとしたんですぜ」

「なんだと」

「おっと、ご心配にゃおよばねえ」

「おぬしが助けてくれたんだな」

「じつは、高尾塚のめえで命を断とうって娘は、けっこうおりやしてね」

おこまの挙動が怪しかったので、雁次郎は遠くから様子を窺っていたのだという。

「助けるにゃ助けたが、和尚さまたちにゃ内緒でさあ。お寺にご迷惑が掛かるといけねえとおもいやしてね」

「そいつは賢明だったな」

「裏手の納屋に匿《かくま》っておりやす」

「よし、案内してくれ」

勘兵衛は雁次郎に提灯を預け、岩のような背中にしたがった。

「かしこまりやした」

「それにしても、おぬし、おこまをよくぞおもいとどまらせてくれたなあ」

「娘の口から、清吉って名が出たもんで」

「知っておるのか」

「扇屋の清吉といや、札付きの放蕩者でさあ」

雁次郎は若旦那の実体を、おこまにじっくり説いてやった。

「死んだはずの男が生きているとわかった途端、娘は憑《つ》き物でも落ちたみてえにへたりこんでしめえやした」

おこまは扇屋母子に騙されたと知り、ようやく自分の愚かさに気づいたらしい。

あの調子なら、清吉に愛想づかしするのもすぐだろうと、雁次郎は吐いた。

「礼を言うぞ。おこまにとっては、おぬしに出逢ったのがせめてもの救いだ」

「相身《あいみ》たがいってやつでさあ。あっしも旦那に助けてもらった。他人さまの親切に触れたおかげで、今日まで何とか生きてこられたんだ」

「そんなふうにおもってくれるだけでも、嬉しいぜ」

「あの娘も旦那と縁があって幸運だった。ほかのお役人なら、足抜け女郎の面倒なんぞみねえもの」

「大変なのはこれからよ」

「あっしもそいつが心配でさあ。そのうちにきっと、島原から強面の連中がやってきやすぜ。いいや、もう江戸の地を踏んだかもしれねえ」

半殺しの目にあった雁次郎の台詞だけに、重みがある。

吉原も島原も、廓の掟に大差はあるまい。

「旦那、因縁を感じやすぜ」

「そうだな。おぬしはこれで足抜け女郎をふたりも助けたことになる」

「仰るとおりでさあ」

「おぬしがむかし惚れた女、名は何と申したかな」

「おしゅん」

「おう、そうだ。おしゅんは今ごろ、何処でどうしておるのか」

「死にやしたよ」

こともなげに告げられ、勘兵衛は眉をぴくっと動かした。

「そうかい、余計なことを訊いちまったなあ」

「いいんですよ。もう三年もめえに聞いたはなしだ」

おしゅんは好きな男と逃げのび、下北半島の突端で病に倒れた。

雁次郎の恋情など、これっぽっちも知らずに死んだのである。

寂しいはなしだなと、勘兵衛はおもった。

ふたりは墓地の裏手から笹叢《ささむら》に分けいり、屋根のかたむきかけた納屋を面前にした。

「旦那、ここです」

「ふむ」

隻眼隻腕の雁次郎以外、足をむけるものとていない。

「へへ、近所の悪がきどものあいだでは、化け物小屋で通っておりやす」

「なるほど、そいつはいい」

提灯を翳して踏みこむと、隅っこの藁《わら》の積まれたあたりに人の気配が蠢《うごめ》いた。

「怖がるんじゃねえ、おいらだよ」

ぶら提灯の光のなかに、泣き疲れた娘の顔が映しだされた。

「が、雁次郎はんどすか」

右目の潰《つぶ》れた醜い顔をみても、おこまに怯《おび》えた様子はない。

むしろ、勘兵衛の影に怯えている。

雁次郎は、遠慮がちに提灯を差しむけた。

「こちらの旦那が誰か、わかるけ」

「あ」

おこまは、ことばを失った。

土間に身を投げだすや、米搗《こめつ》き飛蝗《ばった》のように謝りつづける。

勘兵衛は無言で歩みより、おこまの肩を抱いてやった。

ぎゅっと抱きしめてやると、小さな肩が震えはじめた。

五

冬至が過ぎれば寒の入り、江戸に初雪が降った。

「わあ、雪。綾乃さま、風花が舞っとんよ」

おこまの嬉しそうな顔を、勘兵衛はひさしぶりにみたような気がする。

西方寺の裏手にある納屋から、なかば強引に連れ帰ってはきたものの、おこまはずっと俯いたまま、食事もろくに咽喉を通らないありさまだった。

信じた男に裏切られた心の傷は、簡単に癒えるものではない。

綾乃と庭ではしゃいでいるのは、まだ十六の娘にすぎないのだ。

「清吉ってのは赦《ゆる》せねえ野郎だな」

仁徳は縁側で酒を呑みながら、怒りを抑えかねている。

酒は池田満願寺の下り酒、盲腸を切ってやった商人からの贈答品らしい。

得意気に一升徳利をぶらさげてきた仁徳の申すとおり「ちったあそっとじゃ呑めねえ」上等な酒だ。

銀次が横から半畳を入れた。

「先生、怒ってばっかしいると、燗酒《かんざけ》が腹んなかで沸《わ》いちまうよ」

「うるせえ、おめえは腹が立たねえのか」

「もう終わったはなしでさあ、ほら、おこまも吹っきれた顔をしてやすぜ」

「ん、言われてみりゃそうだな」

死にかけた娘の気持ちをこの世に繋ぎとめたのは、子供たちに化け物扱いされている墓守にほかならなかった。

「雁次郎のやつ、遅えなあ、八つ刻に顔をみせると約束したのに」

銀次はひとりごち、美味そうに酒を嘗める。

雁次郎が訪ねてくると聞き、おこまは浮き浮きしているのだ。

仁徳が厠《かわや》に立つと、銀次は顔を寄せてきた。

「旦那、まさか、おこまは化け物に惚れたんじゃ」

「そのまさかだ、綾乃が教えてくれた」

「へえ、こいつは驚き桃の木だぜ」

おこまは雁次郎に命を助けられ、魂まで救われたようにおもったらしい。

親子ほども年の離れた男のことが、片時も忘れられないというのだ。

「あのでかぶつが鉄棒引きだったことを、おこまは知っているんですかい」

「教えてやったさ。それだけではないぞ、雁次郎があんなふうになったのは、おしゅんという女の足抜けを手伝ったせいだとも伝えてやった」

おこまはそのはなしに、ぐらりと心を動かされた。

新しい恋が芽生えたにちがいないと、綾乃は言いはった。

「旦那、娘心ってのは、わからねえもんですね」

「まったくだ」

「雁次郎の気持ちは、どうなんですかねえ」

「肝心なのはそれだ」

「まさか、惚れられているとは、おもってもみねえだろうなあ」

「おこまには恥じらいがある。おいそれと恋情を口にできまい。かといって、わしらは余計な口出しもできぬ」

「時が必要ってことですかい」

「そういうことだ。わしはな、銀次、ふたりの行く末をじっくり見守ってやりたいのさ」

勘兵衛はみずから納得したように頷き、すっと下り酒を呷《あお》る。

いつのまに戻ったのか、仁徳が銚子を摘《つま》み、酌をしてくれた。

「うぽっぽ、おめえも偶にゃ気の利いた台詞を吐くじゃねえか、なあ」

雪はちらちらと舞い、地面に落ちては溶けていく。

「そろそろ、江戸にも椋鳥《むくどり》が押しよせてくらあ」

この時期になると、例年、信州や越後から「椋鳥」と称する出稼人が大挙してやってくる。

仁徳が眉を顰めるのは、大勢の田舎者が喧嘩や揉め事に巻きこまれ、担ぎこまれるからだ。なかには身ぐるみをぜんぶ剝がされ、一文無しの連中もいる。それでも担がれてきた以上、診ないわけにはいかない。

「医者は牛馬なみにただ働きさせられる。たまったもんじゃねえ」

「頼ってくれる他人様があるというのは、ありがたいことでしょう」

「ふん、うるせえ」

仁徳とじゃれあっていると、表玄関へ訪ねてくるものがあった。

応対に出た綾乃が、困ったような顔で引きかえしてくる。

訪ねてきたのは、雁次郎ではなかった。

「父上、扇屋の若旦那ですよ」

と囁《ささや》かれ、勘兵衛は何食わぬ顔で腰をあげた。

招かれざる客の来訪に、戸惑いの色を隠せなかった。

黒羽二重の着物を羽織った清吉は、土間に立ったまま頭を垂れ、いっこうに顔をあげようとしない。

「何用だ」

勘兵衛は上がり框で仁王立ちになり、慇懃《いんぎん》に糺してやった。

清吉は出しぬけに膝を折り、三和土《たたき》に土下座をしてみせる。

青々と剃《そ》りあげた月代《さかやき》が、いかにも老舗の若旦那風でいやらしい。

「莫迦なまねはよせ、顔をあげろ」

勘兵衛は、腹の底から叱りつけた。

「はい」

顔をあげたのは、想像どおりの優男だ。

が、血走った目つきだけは、真剣そのものである。

「こちらに、おこまが厄介になっていると聞きました。逢わせていただけませんか」

「だめだね」

「そんな」

「おめえはおこまを捨てた男だ。とっとと帰《けえ》んな」

ぞんざいに吐きすて、踵をかえしかけた。

「お待ちください」

「何だ、まだ用があんのか」

「おこまに、逢わせてください」

「しつけえな」

「おっかさんが何を申したかは存じませぬが、手前はおこまに惚れております。本気なんです、信じてください」

なにやら、妙な雲行きだ。

勘兵衛は、顎を掻いた。

「逢ってどうする気だ」

「身請けさせてほしいと申します」

意外な申し出に、勘兵衛は戸惑った。

「樽代は安かねえぞ。足抜けの慰謝料も上乗せしなけりゃなるめえ」

「覚悟しております」

「おっかさんにゃ相談したのか」

「いいえ」

「だろうな」

「説得する自信はございます」

「で、身請けしてどうする」

「妾にします」

「妾か」

「いかがです、ご納得していただけましたか」

清吉はつっと顔をあげ、勝ち誇ったように微笑んだ。

「どうも、その面つきが気に食わねえな」

「顔は生まれつき、変えようもありません」

「おめえ、手代あがりの父親を蔑《ないがし》ろにして、廓通いにうつつを抜かしているんだろう」

「廓遊びも修業のひとつにござります」

「口の達者な若僧だぜ。おめえ、欲しいとおもったものを、ただ、手に入れてえだけなんじゃねえのか。おこまだってそうだ。妾にしたら最後、飼い殺しにする腹なんだろう」

「百歩譲ってそうだとしても、苦界に沈んでいるよりは何倍も幸せでしょう」

「どうかな」

「おこまに聞いてみてください。女郎なら、身請けされたいにきまっているんだ」

「女郎だと、この野郎、おめえのために足抜けまでしたおこまの気持ちが、わかってんのか。ま、今日のところは帰ってくれ。若旦那の気持ちは、この長尾勘兵衛の腹んなかに、ちゃんと納めておく」

「長尾さまの腹に納めていただいても、仕方ありません」

「けっ、強情な野郎だぜ」

味噌汁で顔を洗って出直してこいと、勘兵衛は腹のなかで叫んだ。

清吉はふてくされた面になり、ようやく、敷居のむこうへ消えた。

ひとりで気持ちを伝えにきた勇気は買ってもよいが、放蕩者は放蕩者である。

囲われ者になったおこまは、いずれ、失意のどん底へ突きおとされるにちがいない。

それよりは、誠実な雁次郎といっしょになるほうが、どれほど幸せなことか。

しかし、時機が悪すぎる。

清吉の気持ちを伝えれば、おこまは懊悩《おうのう》するにちがいない。冷静に考えられるはずがないのだ。

せっかく、あきらめかけた恋情に火を付けてはならぬ。

清吉に翻弄され、おこまは捨てられるだけなのだ。

勘兵衛は、どんどん悪いほうへ想像を膨《ふく》らませた。

すっかり、父親の気分になっている。

ともあれ、綾乃にどうすべきか訊いてみたほうがよかろう。

当面のあいだ、清吉の来訪は隠しておこうと、勘兵衛はおもった。

六

清吉と入れかわるように、雁次郎があらわれた。

「あら、いらっしゃい」

まっさきに綾乃が駈けより、おこまもつづいた。

雁次郎はなぜか、血の気の失せた顔をしている。

簀戸門《すどもん》を抜けた途端に蹌踉《よろ》めき、顔から地に落ちていった。

「きゃあああ」

おこまが悲鳴をあげた。

「どうした」

勘兵衛たちは跣《はだし》で庭へ飛びおりる。

肩を震わすおこまのそばに、雁次郎が俯していた。

背中に匕首《あいくち》が刺さっている。

綾乃がこれを抜こうとした。

「やめろ」

仁徳が怒鳴りつける。

抜いた瞬間、血が噴きでるのを懸念したのだ。

雁次郎はまだ、生きていた。

「おい、しっかりせい」

勘兵衛が肩を抱きおこす。

「だ、旦那……や、やつらが来た」

掠《かす》れ声でそれだけを告げ、雁次郎はぴくりとも動かなくなった。

仁徳が首筋に手を当てた。

「まだ死んじゃいねえ」

幸運にも、匕首の先端は急所をわずかに逸れていた。

雁次郎は戸板に乗せられ、表部屋へ担ぎこまれていった。

やつらとは、上方訛りの連中だろうか。

勘兵衛は銀次に命じ、近所に住む末吉鯉四郎を呼びにいかせた。

小野派一刀流を修めた鯉四郎なら、家の守りもつとまるだろう。

勘兵衛は綾乃に行き先も告げず、ひとりで自邸を飛びだした。

雪のちらつく夕暮れの町を歩み、亀島橋を渡って霊巌島へむかう。

新川河岸をまっすぐに行けば、おふうの待つ「浮瀬《うかむせ》」へたどりつく。

が、勘兵衛は河岸を避け、わざと人気のない露地裏へ歩をすすめた。

表通りには茶碗市が立つので、瀬戸物の欠片《かけら》がやたらに落ちている。

「そばぁうーい」

抜け裏からみえる塩丁のあたりから、夜鷹蕎麦《よたかそば》の鳴きが聞こえてくる。

酒ばかり呑んでいたせいか、小腹が空いてきた。

何となく足をむけたが、蕎麦を啜っている暇はあるまい。

さきほどから、複数の影につきまとわれている。

八丁堀から跟《つ》けられていると知りつつ、勘兵衛は誘いに乗ってやったのだ。

案の定、露地裏をしばらくすすむと、背後から声が掛かった。

「待て、こら」

声の主だけを残し、四、五人の男どもが駈けよせてくる。

菅笠をかぶり、埃《ほこり》だらけの引きまわしを纏った連中だった。

江戸に住む地廻りでもなければ、田舎から出稼ぎにきた椋鳥でもない。

人捜しを生業《なりわい》にする危ない連中であろう。

ひとりが引きまわしを翻し、勘兵衛の脇を追いぬいていった。

行く手を塞いでみせたのだ。

「案ずるな、逃げはせぬ」

「不浄役人め、まんまと網に掛かりよったで」

首領格の男が一歩踏みだし、ぺっと痰《たん》を吐いた。

菅笠の奥で笑う男を、勘兵衛は平然と睨《にら》みかえす。

「上方訛りだな」

「それがどないした」

「後生楽な連中だ、誘われてやったのもわからんのか」

「なんやと」

「まあよい、手っとり早く用件を言え」

「ほな言うたる。おこまを返さんかい」

「おぬしの名は」

「六文銭の仙一《せんいち》、難波《なにわ》じゃちと知られた俠客《きょうかく》やがな」

女衒《ぜげん》に毛が生えたようなものかと、勘兵衛は察した。

「おこまは島原の遊女や。忘八《ぼうはち》はんの顔に泥を塗ったのやで」

「それがどうした」

「廓にゃ廓の掟があるんや。不浄役人はすっこんどれ」

「すっこまねえと、どうなる」

「念仏でも唱えておいたほうがええやろな」

「ほほう、おもしろいことを抜かす」

「脅しやないで。雁次郎とかいう墓守が行ったやろ」

「わざと急所を逸らしたな。小汚ねえまねしやがって」

「おこまを出さんかい。わてらは上方者や。江戸の不浄役人を殺《あや》めても、その足でとっとと上方へ逃げればええだけのはなしや」

「物騒な連中だな」

「くふふ、おまはんがおこまの樽代を積むんなら、はなしは別や。ま、どう逆立ちしても無理やろうがな」

「ちなみに、いくらだ」

「三百両、それと慰謝料が百五十両、しめて四百五十両や」

「丼勘定もいいとこだな。三百両にしておけ」

「なんやと、同心風情が用意でけるんか」

「二日くれれば、やってみよう」

「阿呆抜かせ、逃げ口上やろうが」

「でまかせかどうかは、二日待てばわかる」

「ふざけるんやないで」

「ふざけてはおらぬ。金を都合するから手を引けと申しておるのだ。どうも、はなしが嚙みあわぬな」

「不浄役人が女郎の樽代を工面《くめん》するやと、そないなはなし、誰が信じるかいな。人を虚仮《こけ》にしくさってからに」

「虚仮にはしておらん。信じる信じないは、おぬし次第よ」

「なんやと」

「手ぶらで帰って面目を潰すか、それとも、樽代を携えて意気揚々と帰るか、おぬしの判断にかかっておる」

「やかましいわい。ようし、こうなったら力ずくでおこまを奪ったるわ。おまえら、いてこましたれ」

「おう」

薄暗い露地裏に喊声《かんせい》が湧き、菅笠と引きまわしが宙に抛りなげられた。

髷先を散らした半端者が段平《だんびら》を抜き、野獣でも狩るように迫ってくる。

「うらうらうら、殺《や》ったるでえ」

「やめておけ。わざわざ江戸まできて怪我でもしたら損だぞ」

「このくそがき」

鋭利な白刃が、側面から突きかかってきた。

これを肩先で躱《かわ》し、勘兵衛は手刀で相手の首筋を打った。

「きょっ」

白目を剝いて一人目が倒れた。

「こっちゃ」

声のほうへ首を捻ると、鬢《びん》の反った男が上段から斬りかかってくる。

勘兵衛は大刀を鞘《さや》ごと抜き、柄頭《つかがしら》を相手の鳩尾《みぞおち》へ叩きこんだ。

「かっ」

男は血泡を吐き、がくんと膝を折った。

「おまはん、やるやんけ」

六文銭の仙一が、無反りの段平を抜きはなつ。

黒鞘を投げすてたのを合図に、ふたりの乾分《こぶん》が左右から突きかかってきた。

「どりゃ……っ」

勘兵衛は軽く躱しつつ、背中の十手を引きぬいた。

ひとりは脳天を叩きつけ、ひとりは肋骨を砕いてやる。

流れるような体捌《たいさば》きだ。

半端者どもは悲鳴をあげ、折りかさなるように倒れていった。

「うひぇっ」

ひとりのこった乾分は及び腰になり、段平の先端を震わせた。

「おめえ、どこかでみた面だな」

「うるせえ」

「おもいだしたぞ。花川戸の権蔵んとこの使いっ走りか、名はたしか六助だったな」

返事はない。青剃りの月代に膏汗《あぶらあせ》を掻いている。

花川戸の権蔵といえば、浅草界隈では顔の利く貸し元であった。

「なるほど、権蔵のところへ草鞋《わらじ》を脱いでおるのか」

勘兵衛が躙りよると、仙一は後ずさった。

「さっきまでの威勢はどうした」

「くそったれ、やめた、やめた」

仙一は段平を抛りなげ、狐のような顔をむけてくる。

「おまはんも不浄役人ならわかるはずや。足抜け女郎を匿ったら莫迦をみるでえ。わてらがおらんようになっても、忘八はなんぼでも追っ手を仕掛けてくる。きっちり決着がつくまではな」

おこまを只で逃がしたら、島原の大見世としては恰好がつかない。連中も必死なのだ。

「だから、土産をもたせてやろうと申しておるではないか」

「三百両はあかん」

「いくらならよい」

「四百両や、それ以上は鐚《びた》一文もまけられへんで」

仙一は口をへの字に曲げ、一歩も退かない構えをみせた。

「しかたない、四百両で手を打とう」

勘兵衛は胸を張り、自信満々に言いきった。

仙一が薄く笑った。

「ほんなら、明後日の夕刻、権蔵親分のところへ足労してくれへんか。ええか、駆けひきや騙しは無しやで」

「承知」

勘兵衛は頷き、にやりと笑った。

「六文銭の仙一とやら、おぬし、江戸の廻り同心を脅すとはいい度胸だな」

「権蔵親分に聞いてきたのや。相手がうぽっぽなら、ちいと脅しつけるだけでええとな。ふん、とんだ見込みちがいやったで」

「そうかい、残念だったな」

「妙な役人やで。得になることはなあんもあらへんのに、足抜け女郎を庇《かば》うとはな」

「困ったものがおれば抛ってはおけぬ、それが江戸者の気質よ。おぬしら上方者にはわかるまいて」

「ふん、ともかく四百両や。用意でけたら褒めてやるで」

「鼻毛でも抜きながら待っておれ、ぶははは」

勘兵衛は呵々《かか》と嗤《わら》い、三ツ紋付きの黒羽織を翻した。

八丁堀の自邸へたちもどると、木戸門の暗がりに鯉四郎が仁王立ちしていた。

勘兵衛が近づくと、鬼のような形相で誰何《すいか》しようとする。

「わしだ」

「あ、長尾さまですか、おもどりなされませ」

「雁次郎はどうした」

「命をとりとめました」

「わかっておる、金瘡《きず》の程度は」

「深さで三寸、なれど、三日ほど安静にしておれば心配なかろうとのことです」

「さようか」

「銀次に、あの者の素姓を聞きました」

「それで」

「男らしい生きざまです」

「おぬしもそうおもうか」

「はい」

勘兵衛は満足げな笑みを泛《うか》べ、木戸門をくぐった。

表部屋では、仁徳が煙管を喫《ふ》かしていた。

銀次はいない。勘兵衛を追いかけ、飛びだしたままだという。

昏々と眠る雁次郎の左手を、おこまが両手で握りしめていた。

「ああしてずっと、握っているんですよ」

綾乃がそっと教えてくれた。

大男が目を醒《さ》ましたときの顔が楽しみだ。

「父上、何かあったのですか」

「なぜ」

「ほら、左袖のところが」

すっぱり、断たれている。段平の切先が触れたのだろう。

「気づかなんだな、鎌鼬《かまいたち》にでもやられたか」

「鎌鼬」

「ああ、そうだ。おまえも、露地裏を吹きぬける風には気をつけな」

不審げな綾乃から目を逸らし、勘兵衛は仁徳に声を掛けた。

「満願寺は、まだありますかね」

「あと一升な」

「よし、呑みなおしだ」

なにはともあれ、おこまを身請けするための四百両を工面しなくてはならない。

だが、どうやって工面すればよいのか。

勘兵衛はじつは何も考えていなかった。

七

翌夕。

勘兵衛は新川河岸の「浮瀬」へ、ふらりと立ちよった。

おふうの顔を眺めながら、燗酒を嘗めたくなったのだ。

「何を仰いますやら、毎晩のようにいらしてくださるくせに」

貝髷《ばいまげ》に横櫛を挿した様子が、今日は一段と色っぽい。

勘兵衛は褒め言葉を探しながら、いつもの席に陣取った。

常連の顔が、ぽつぽつみえはじめている。

おふうは客たちを適当にあしらいながら、一方では酒肴《しゅこう》を用意する。

忙しい素振りは微塵もみせず、いつも笑顔を絶やさない。

芯から客商売が好きなのだ。かといって、媚びた様子はない。

ほんわかとした色気は、生来のものであろう。

ちょいと流し目を注がれれば、客はみな、酒と肴を追加する。

おふうは豊満な胸を隠すように、着物の襟をきゅっと締めた。

「昨日の晩、茸屋町の親分さんがお見えになりましたよ」

「銀次が、ここに来たのか」

「はい、親分さんは妙なことを仰いましてね。なんでも、長尾の旦那は島原の足抜け女郎を救うために、四百両もの身請金を用意しなくちゃならない。悪党どもの面前で大見栄を切りなすったんだとか。ほんとうですか」

「口の軽いやつめ」

「ほんとうなんですね」

「大見栄を切ったわけではない」

「でも、四百両は」

「たしかに、そいつは身請金だ」

「どうなさるんです」

「じつはな、何も考えておらん」

「あら、まあ」

なかば呆れつつ、おふうは酌をしてくれた。

「親分に詳しく聞きましたよ。おこまって娘、まだ十六だそうですね」

「ああ、綾乃が妹のように可愛がっておる」

「養女にでもなさるんですか」

「そうできればよいがな、臨時廻りが足抜け女郎を籍に入れたとあっては、さすがにお上も黙ってはおるまい」

古参の年番方与力あたりが、お上の沽券《こけん》にも関わる一大事と騒ぎたてるであろう。勘兵衛に下される沙汰は蟄居《ちっきょ》閉門、御役御免、このたびばかりは薊《あざみ》の隠居の神通力も通じまい。そもそも、不浄役人と遊女とは相容れない関わりにあるのだ。

「かといって、京の島原へ帰すわけにもゆかぬ。あすこには鬼だの閻魔《えんま》だのが待ちかまえておるのだ。十六の小娘を地獄へ突きおとすわけにはいかんだろう」

「小娘ひとりのために必死になるだなんて、旦那らしい」

「妬《や》いておるのか」

「ええ、すこし」

「嬉しいな」

おふうは銚子をかたむけ、すっと頬を近づけてきた。

「旦那、もしよかったら、その娘、あたしが引きとりましょうか」

「ん」

じつは、それとなく頼みたい気持ちはあった。

もし、堅気になることができたら、おこまはひとりで生きていかねばならぬ。

おふうのような女がそばで面倒をみてくれれば、どれだけ安心か知れやしない。

「若い娘にお店を手伝ってほしいとおもっていた矢先だったんですよ」

「以心伝心というやつだな」

これで働き口は確保できた。

「でも旦那、四百両をどうにかしないと」

「おう、それだ」

「ほんとうは、何か良い思案でもおありなのでしょう」

「それがな、これっぽっちも浮かんでこないのだ」

「明日までなんでしょう」

「ふむ、勢いで吐いてしまった。金はすぐにでも用意してやるとな」

「あたしに工面できればいいんですけれど」

「おふうに迷惑は掛けられぬ。だめなら、連中をしょっぴいてやるさ」

「差しで口を挟むつもりはござんせんが、それはあまり良い手ではありませんよ」

　わかっている。どれだけ可哀想な娘でも、廓の掟を破ったら報いを受けなければならない。厳しいようだが、そうでなければ、ほかの遊女にしめしがつかなくなる。

「おふうの言うとおりさ」

「旦那、いっそ、扇屋の若旦那に身請けさせちまったらどうなんです」

「それはできん」

「どうして」

「あんな男の妾にはさせられん」

「おやおや、まるで父親ですね」

「それにな、おこまにゃ好きな相手ができた」

「あら。もしや、雁次郎さんて方ですか」

「銀次はそんなことまで喋ったのか」

「お酌してあげたら、ぽろぽろと」

「わしらの身勝手かもしれぬが、おこまと雁次郎を結びつけたいのさ」

「なるほどねえ。だったら、こういうのはどうです」

おふうは小首をかしげ、小狡《こずる》そうな顔をしてみせる。

「扇屋の若旦那に事情を告げず、お金を用意させるんですよ。もとはといえば遊び人の若旦那が招いたことでしょう。だったら、それなりの報いはしてもらわないと。娘を騙した罰ですよ」

「妙案だな」

それ以外に手はなさそうだ。

勘兵衛は膝を打ち、そっくりかえって盃を干した。

「よし、行ってくる」

「行ってくるって、旦那、何処へ」

「紅屋さ」

「今からですか」

「おうよ、善は急げだ」

豊海橋の船着場から猪牙に乗れば、薬研堀は目鼻のさきだ。

微酔《ほろよ》い加減で訪ねたほうが、口も滑らかにまわることだろう。

勘兵衛はおふうに礼を言うと、縄暖簾《なわのれん》を押しわけて外へ出た。

八

ひんやりとした夜気が気持ちよい。

今日は二の酉だったので、吉原の大門は終日一般に開放された。

遊女が逃げるにはまたとない機会だが、廓抜けする勇気のある女は稀にもいない。

捕まって半殺しの目にあわされても、好いた男のもとへ行きたい。

恋と命を天秤に掛け、たいていの女は尻込みしてしまう。

おこまはしかし、一線を踏みこえた。

死ぬつもりで廓を抜けたのだ。

そうさせた男は、どこまで娘の気持ちを理解しているのだろうか。

妾にしようなどと、世間体を慮《おもんぱか》っているようでは、どだい考えが甘すぎる。

ぬるま湯に浸かっているも同然の身分を捨て、いっしょに駆けおちするくらいの気概をみせないかぎり、清吉を信用などできない。

勘兵衛は躊躇《ちゅうちょ》することもなく「扇屋」の敷居を跨いだ。

これで二度目、応対に出た手代は愛想笑いもみせず、強張った顔で用事をとりついだ。

あらわれたのは内儀のおつるではなく、主人の清右衛門である。

そっちのほうが都合はよい。

「お役人さま、本日はまたどのようなご用にござりましょう」

「若旦那はどうした」

「留守にござります」

「吉原か。今夜は酉の日、紋日《もんび》で揚げ代は倍だぞ」

「承知しております」

「久離を切るなら相談に乗ってやる」

「へ」

「はは、戯れ言だ。真に受けるな」

「へ、へえ」

「ところで、先日、おたくの若旦那が八丁堀までわざわざ訪ねてきよった。おこまを身請けしたいとの申し出だ」

「な、なんと」

「そのときは門前払いを食わせたが、気が変わった」

おもわせぶりに声をひそめてやると、気の弱そうな清右衛門は入れ歯が飛びだすほど驚いた。

「わしがみたところ、若旦那は梃子《てこ》でも動かぬ構えであったな。それゆえ、吉報を携えてまいったのよ、わざわざ足労したのだぞ、何とか申せ」

「それはそれは、恐縮にございます」

「ふむ、それでよい。なれば、樽代を教えてつかわそう」

清右衛門は、空唾を呑みこんだ。

勘兵衛はわざと間をあけ、勿体《もったい》ぶった調子で吐いた。

「樽代は五百両、慰謝料もふくめてな」

「ご、五百両……それは豪儀《ごうぎ》な」

「扇屋さんほどの大店なら、鼻糞のようなものだろう」

「滅相《めっそう》もございません。五百両といえば千両の半分」

「あたりまえだ、何を戯《たわ》けたことを抜かしておる」

「た、大金にございます」

「金の心配か」

「へ」

「おたくの若旦那は、いたいけな娘の心を弄んだ。金じゃねえ、こいつは心の問題さ。おめえも悪所《あくしょ》くれえは行ったことがあるだろう」

「へ、へえ」

「京の島原は知っておるな」

「へえ」

「そっから足抜けした娘の気持ちを、考えたことはあるかい。よいか、京から江戸までは東海道で五十三次、百三十二里の道程だ、そいつを娘は三月余りもかかって下ってきた。わかるな、娘の恋情に報いる金額が五百両だ、けっして高くはあるまい」

「いいえ、五百両は法外にございます」

手代あがりだけあって、しみったれている。

「それに、お役人さま、手前の一存では決められませぬ」

「何を抜かす。おぬしは扇屋の主人であろうが」

財布の紐は、内儀のおつるが握っているのだ。

「情けねえ野郎だぜ。ちょっと耳を貸せ」

「へえ」

勘兵衛は清右衛門の耳を引っぱり、ふっと耳糞を吹いてから囁いた。

「真面目一本のおめえにも、好いた女があるんだってなあ。調べさせてもらったぜ、内儀に内緒で深川の島田町に妾を囲っておるのだろう。そのはなしをよ、内儀にばらしてもいいんだぜ」

「困ります。それだけは、困ります」

「卑怯《ひきょう》なまねは好きじゃねえが、この際、背に腹はかえられねえ」

「お、お待ちください」

「ん、払う気になったか」

「はい」

「ほ、そうか」

「ひとつ、お願いしたいことが」

「なんだ」

「この一件は、くれぐれもご内密にお願いいたします。足抜け女郎を妾にしたなどということが世間の噂にのぼれば」

「扇屋の暖簾に傷がつく。お安いご用さ、噂にゃしねえ」

「それから」

「まだあんのか」

「もうすこし、お安くならんものでしょうか」

「口を利いてやってもよい。だがな、口を利いたら最後、約束を反故《ほご》にしてもらっちゃ困る。樽代は引けたにしても、おぬしのほうはあとへ引けぬぞ」

「覚悟はできております」

「なれば百両を引き、四百両にさせてやる」

「あ、ありがとう存じます」

勘兵衛は胸の裡《うち》で、ぺろりと舌を出した。

「清吉に伝えておけ、明夕八つ、浅草花川戸の権蔵一家まで足労せよとな」

「へへえ」

がたんと、奥で物音が聞こえた。

おおかた、内儀のおつるが立ち聞きでもしていたのだろう。

背をみせて外へ出ると、おつるの金切声が聞こえてきた。

「誰か、誰か、塩を撒《ま》いとくれ」

勘兵衛はすこしも動じず、ゆったりと歩をすすめる。

「ふふ、なべて世はこともなし、か」

そんな台詞が口を突いて出た。

おこまの気持ちを考えれば、四百両は高い金額ではない。

清吉もこれですっきり、来し方の因縁とおさらばできるというもの。

「この程度の灸《きゅう》なら、据えても罰は当たるまい」

勘兵衛は夜空を仰ぎ、みずからを納得させた。

九

翌夕、朝から降りつづいた雪が帷子のように積もっている。

勘兵衛は清吉をともない、浅草花川戸の権蔵一家を訪ねた。

権蔵は四十代のなかばだが、膨れた河豚《ふぐ》なみに肥えている。

針金のような無精髭を生やした様子まで、河豚に似ていた。

以前は一尾十二文で買えた賤魚も、ちかごろは食通のあいだでもてはやされ、はしりともなれば三百文にまで跳ねあがる。

権蔵は高利貸しで身代を肥らせてきた。油断のならない男だ。

それこそ、成りあがった賤魚もおなじ、下手に関われば毒に当たる。

銅壺《どうこ》に置かれた鉄瓶から、白い湯気が立ちのぼっていた。

鰹縞《かつおじま》のどてらを羽織った権蔵は長火鉢に頬杖をつき、金火箸で灰文字を書きながら上目遣いにこちらを睨む。

清吉は目を合わすこともできず、最初から俯いたままだ。

ひと筋縄ではいかない相手だなと、勘兵衛はおもった。

「うぽっぽの旦那、お初にお目にかかりやす。あっしが花川戸の権蔵でさあ」

「おう、そうかい。おめえ、飛ぶ鳥を落とす勢いだってじゃねえか」

「とんでもござんせん、ちかごろは景気の良いはなしなんぞ、これっぽっちもありゃしやせんぜ。ところで旦那、上方の客人に聞きやしたぜ。あっしが耳にした噂とちがって、ずいぶんお強いそうで」

「おめえが聞いたのは、どんな噂だ」

「なあに、南町でいっち弱え役人だって聞きやした」

「そいつを鵜呑みにしたわけか。花川戸の権蔵もてえした器量じゃねえな」

「へへ、仰るとおりで。あっしがとんだ嘘を吹きこんじまったばっかりに、三人の客人が医者送りになっちめえやがった」

「命があっただけでも、ありがてえとおもえ。きゃつらは臨時廻りに刃をむけた。それがどういうことかわかるか」

「いいえ」

「公方さまに刃をむけたも同然てことさ。おれがその気になりゃ、ひとりのこらず獄門台送りよ。焚《た》きつけたおめえも同罪だぜ」

「ふっ、まさか」

「笑ったな。へらついたその河豚面、ひっぱたいてやろうか」

「何を仰いますやら」

「おめえ、余裕《よゆう》綽々《しゃくしゃく》じゃねえか」

　いざというときのために、年番方の大物与力あたりを抱きこんでいるのだろう。

「与力から命じられれば、臨時廻りなんぞはへえこらしたがうしかねえ。そうおもってんじゃねえのか、え」

「お察しのよろしいことで」

「与力の姓名でも聞いておこうか」

「ご勘弁を。ふふ、旦那、挨拶はこれくれえにしやしょうや」

「よかろう、はなしをすすめろ」

「それじゃ、樽代はお持ちいただきやしたかい」

「ここにある。火表《かひょう》（身請証文）と交換だ」

「かしこまりやした」

権蔵が柏手を打つと、漆塗りの文筥《ふばこ》を携えた乾分があらわれた。

露地裏で震えていた使いっ走りの六助である。

勘兵衛は六助から文筥を引ったくり、中身の身請証文を確認した。

「権蔵、これじゃだめだな。金額が書いてねえ」

「旦那、そいつは山吹色を拝ましてもらってからでさあ」

「そうかい。ま、よかろう」

勘兵衛は、かたわらの清吉に顎をしゃくった。

清吉が震える手で、ずっしり重い木箱を抱えた。

すかさず、権蔵の声が掛かる。

「おめえさん、扇屋の若旦那かい」

「へ、へえ」

清吉は、頑丈な木箱を取りおとしそうになった。

何とか踏みとどまり、火鉢のまえへ運びこむ。

「親分さん、どうぞお納めください」

「勘違えするな。おれが貰うわけじゃねえ」

ただの仲介役であることを強調し、権蔵は横柄な態度でつづけた。

「よし、若旦那、蓋を開けて小判を数えてみな」

「へえ」

と応じつつも、清吉は縋るような眼差しをむけてくる。

やにわに、勘兵衛が怒鳴りあげた。

「権蔵、人を虚仮にするんじゃねえぞ。勘定はそっちの仕事だろうが。手っ取り早く片づけちまいな」

啖呵《たんか》を切ると襖《ふすま》が開き、目つきの鋭い乾分どもがぞろぞろ入ってきた。

勘定はすぐに済み、六助が権蔵に耳打ちする。

権蔵は意味ありげに頷き、勘兵衛を三白眼に睨んだ。

「旦那、五十両足りねえ」

「なんだと」

「あっしが仙一さんに聞いた金額は、きっちり四百五十両だ」

「そいつはおめえの聞き違いだぜ。六助のやつもその場に居たんだ、なあ六助、四百両で手を打ったはずだよな」

臆病者はしたをむき、返事もしない。

権蔵がごね得を狙っているのは、あきらかだった。

一方、清吉にしてみれば、何が何だかわけがわからない。

要求された金額は五百両と、父親の清右衛門に聞いていた。勘兵衛の裁量で百両は引いてもらったとおもいこんでいたのだ。

「清吉、顔が阿呆面になっておるぞ」

「へ」

「何をぐずぐずしておる、木箱をこっちへもってこい。二枚舌の連中と取引ができるか」

権蔵が火箸を灰に刺し、脅しを掛けてくる。

「いいんですかい。その金をもって帰った瞬間から、旦那は針の筵《むしろ》に座らせられることになりやすぜ」

「そいつはおめえも同様さ。おれはただじゃ転ばねえ。おめえが二度と浅草で商売できねえようにしてやる」

「どうやってやるんです。言っちゃ悪いが、旦那はただの臨時廻りにすぎねえ。足腰の弱った老犬もおんなじ、いつ隠居してもおかしくねえ身分なんだ。へへ、隠居したその晩に寝首を掻かれても知りやせんぜ」

「ふっ、弱い犬はよう吼《ほ》えるとか」

「あんだと」

河豚面の貸し元は金火箸を逆手に握り、畳に片膝を立てた。

すっかり冷静さを失い、顔を真っ赤に染めている。

「うぽっぽ、図に乗るんじゃねえぞ」

「くふふ」

「なあにが可笑しい」

「権蔵、図に乗ってるのはおめえだよ。おれはな、しさしぶりに堪忍袋の緒が切れそうだぜ」

「緒でも何でも切ってみな、不浄役人めが」

「よっしゃ」

叫びあげるや、勘兵衛は黒羽織をぶわっと脱ぎすてた。

畳を素早く膝で滑り、片膝立ちから白刃を抜きはなつ。

「しゃあ……っ」

気合一声、二尺三寸の本身を大上段に構えるや、

「ふん」

猛然と、斬りさげた。

権蔵は声を失い、汗をびっしょり掻いている。

突如、大音響ともども、堅固な角切の箱火鉢がまっぷたつになった。

「ふえええ」

乾分どもが悲鳴をあげた。

　夥《おびただ》しい灰が濛々《もうもう》と舞いあがり、真っ赤な炭が畳を焼いた。

全身に灰をかぶった権蔵の鼻面へ、勘兵衛の切先が伸びている。

「権蔵、こいつを抜いたな十年ぶりだ。本身はまだ錆《さ》びちゃいなかったぜ」

「うぬ……ぬぐぐ」

「おれはこうみえても存外に気が短けえんだ。涼しい顔で嘘を吐かれんのが、なめくじよりも嫌えでな。これ以上、聞きわけのねえことを抜かすと、ふふ、鼻を殺《そ》いじまうぜ」

　くるっと、刃が上をむいた。

「うへっ」

「抜いたら最後、この刀は血をみねえことにゃおさまりがつかねえんだ」

「か……堪忍しておくんなさい」

声をひっくりかえす権蔵に、さきほどまでの威勢はない。完全に睾丸を抜かれている。

「最初《はな》からそう言やいいんだよ」

勘兵衛は見事な手捌きで本身を鞘に納めると、献上するはずの木箱から小判を鷲掴《わしづか》みにした。

「ちょいと貰っていくぜ、こうでもしなけりゃ気が済まねえんだ。足りねえぶんは権蔵、おめえが出しておけ。鼻を無くすことをおもえば、安いもんだろうが」

「か、かしこまりやした」

勘兵衛の剣幕に気圧《けお》され、花川戸の権蔵は畳に額《ぬか》ずいた。

帰路、雪曇りの空から一条の西陽が射しこんでいる。

清吉は顔を朱に染め、興奮の色を隠せない。

「長尾さま、いやあ、すっきりいたしました。権蔵の阿呆面、ぷっ、おもいだしただけでも吹きだしちまう」

「そうかい」

「生涯でいちばんの見世物でしたよ」

「四百両の値打ちはあったかい」

「そりゃもう」

「だったら、わしも無理をした甲斐があったというものだ」

「ご無理をなされたので」

「刀を抜いて人を脅したのだからな」

「でも、相手は嘘つきの悪党ですよ」

「相手が誰であろうと、おなじことだ」

「さすがは八丁堀の旦那、仰ることがちがう」

「そうおもうか」

「はい、鷲掴みになされたお金、二十両やそこらはあったやに存じますが、あれは長尾さまがお納めくだされませ」

「言われなくても、そうするつもりさ」

　勘兵衛はこの金を、おこまと雁次郎の門出に際し、手渡すつもりでいた。

　そんなこととはつゆ知らず、浮かれ鳶《とび》の清吉は大川端を気も漫《そぞ》ろに歩んでいく。

「若旦那よ」

「はい、なんでしょう」

「おめえも最後にひとつ、良いことをしたなあ」

「へへ、そんなあ」

「おこまもきっと、喜んでくれるはずだぜ」

「そりゃそうでしょう、足抜け女郎は半殺しの目にあうって聞いています。おこまはそうならずに済んだのですから」

「ありがとうよ、おれからも礼を言うぜ」

「長尾さまにお礼を頂戴するだなんて、そんな」

「いいや、礼を言わせてくれ、おこまはこれで解きはなたれた。心おきなく、好きな男といっしょになることができる」

「いっしょになるとは、どういうことです」

「添《そ》いとげるということさ」

「何やら妙だな」

「やっと気づいたかい。好きな男ってのは清吉、おめえじゃねえ」

「へ」

「絞められた鶏みてえな面をするな。いいか、世の中ってな、おもいどおりに行かねえことだらけだ」

「長尾さま、何を仰っておられるのやら、手前にはさっぱり」

「まだ、わからねえのか。おこまの心は、おめえにゃねえんだよ」

「まさか……くそっ、手前を騙したのですか」

「いまさら気づいても後の祭りさ」

「ちくしょう、不浄役人め、訴えてやる」

「やってみな、騒ぎたててみろ。その鼻、殺いでやるからな」

「ひぇっ」

清吉は鼻を押さえ、土手から転げおちるように逃げていく。

大川から吹きよせる風は冷たく、勘兵衛はおもわず襟を引きよせた。

十

凍《い》てつく大川には、雪見の障子船なんぞも出はじめた。

霜月も終わりだというのに、勘兵衛は雁次郎を誘って鯊《はぜ》釣りへやってきた。

日の出までには、まだ小半刻ほどある。

霊巌島は新川河岸の東端、周囲を眺めても釣り人の影は見当たらない。

「きいんと冷えるぜ、なあ、雁次郎」

「へえ」

「新川の底には鯊がおるのだ。この時期の鯊は脂が乗っておるぞ。刺身で食うのがいっち美味えんだ」

「そいつは楽しみですぜ」

「鯊をぶらさげて、猩々庵《しょうじょうあん》へ行くってのはどうだ」

「猩々庵といやあ、名の知れた蕎麦屋でやすね」

「そうよ、温《あった》けえのをな、ぞろぞろっとやるのよ。縮こまった胃袋が喜ぶぜ」

土手から川の汀までは、うっすら雪が積もっている。

勘兵衛はさきに立ち、大川の注ぎ口に近い穴場へむかった。

流木を腰掛けにし、昏《くら》い川面にむかってびゅんと竿を振る。

温石《おんじゃく》や手焙《てあぶり》まで用意してきたので、凍える心配はなかった。

川の流れは夙《はや》い。

ふたりは交互に竿を振り、斜めに張った糸を手繰りよせては、また竿を振る。

「旦那、あれを」

「ん、漁《いさ》り火か」

佃島の漁師たちのものだろう。

江戸湾の沖合いは白みかけ、石川島が薄ぼんやりと遠望できた。

ふたりはそれきり黙りこみ、鯊釣りに集中した。

やがて、日の出になった。

眩《まばゆ》い陽光が川と海の境目を照らし、河原を白銀に煌《きら》めかせた。

いまだ、釣果《ちょうか》はない。

勘兵衛は唐突に切りだした。

「雁次郎よ」

「へえ、なんでやしょう」

「正直、おめえの気持ちはどうなんだ」

「藪から棒に何でやすか」

「おこまのことさ」

雁次郎は太い左腕を撓《しな》らせ、びゅんと竿を振った。

「旦那、あっしは自分ひとり生きていくので精一杯でさあ。女を養ってく自信なぞ、ありやせん」

「んなことを聞いているんじゃねえ、おこまのことが気に入っているかどうか、そいつだけを知りてえんだ」

雁次郎はしばらく考えこみ、ぼそっとこぼす。

「気に入っておりやす」

「そうかい、だったら、いっしょに暮らせ」

「でも」

「いっしょになっちまえば、そのさきは何とでもなる。困ったときは助けてやるよ」

「旦那にそこまで迷惑は掛けられねえ」

「相身たがいってのが、江戸者のいいところじゃねえのか。おめえはたしか、西方寺の墓地でそう吐いたぜ」

「おぼえておりやす」

「きまりだ、おめえから気持ちを伝えてやれ」

「弱ったなあ」

「おこまは待っているぜ」

「何て言やいいんでしょう」

「いっしょに住もうって、そう言やいいんだよ」

「旦那、住むところなんざありやせん」

「心配するな。葺屋町は市村座の裏手、源五郎長屋がおめえらの新居さ」

「え」

「九尺二間の小汚ねえところだが、贅沢は言うない」

すでに、勘兵衛がおこまの請人《うけにん》（身元保証人）となり、町役人の嘉右衛門にはなしをつけてあった。

「文句はあんめえ」

「旦那、何から何まで……あ、ありがとうごぜえやす」

雁次郎は左目に涙を溜め、頭を垂れた。

「おめえらを奇異な目でみるやつがいたら、おれがしょっぴいてやる。へへ、まずはふたりでがんばってみることだ」

「へえ」

足許に突きさした竿が揺れた。

「旦那、糸が引いておりやすぜ」

「おっ、掛かったか」

勘兵衛は竿を拾い、ぐっと引きよせた。

「こいつはたぶん、大物だぜ」

不浄役人は鯊を釣り、元鉄棒引きは島原一の遊女を釣りあげた。

「天道人を殺さず、生きてりゃきっといいことがある。誰かの言ったとおりだ、なあ、雁次郎」

「へえ」

「なべて世はこともなし、か。ふははは」

心の底から、笑いが込みあげてくる。

凍てついた川面に、ぴしゃりと鯊が跳ねた。

『うぽっぽ同心十手綴り』二〇〇五年十月　徳間文庫

中公文庫

うぽっぽ同心《どうしん》十《じっ》手《て》綴《つづ》り

2022年10月25日　初版発行
2023年12月15日　６刷発行

著　者　坂《さか》岡《おか》　真《しん》

発行者　安部順一

発行所　中央公論新社
〒100-8152　東京都千代田区大手町1-7-1
電話　販売 03-5299-1730　編集 03-5299-1890
URL https://www.chuko.co.jp/

ＤＴＰ　ハンズ・ミケ
印　刷　大日本印刷
製　本　大日本印刷

©2022 Shin SAKAOKA

Published by CHUOKORON-SHINSHA, INC.
Printed in Japan　ISBN978-4-12-207272-5 C1193

定価はカバーに表示してあります。落丁本・乱丁本はお手数ですが小社販売部宛お送り下さい。送料小社負担にてお取り替えいたします。

●本書の無断複製（コピー）は著作権法上での例外を除き禁じられています。また、代行業者等に依頼してスキャンやデジタル化を行うことは、たとえ個人や家庭内の利用を目的とする場合でも著作権法違反です。

中公文庫既刊より

各書目の下段の数字はＩＳＢＮコードです。978－4－12が省略してあります。

あ-59-4	一　路（上）	浅田次郎	父の死により江戸から国元に帰参した小野寺一路は、参勤道中御供頭のお役目を仰せつかる。家伝の行軍録を唯一の手がかりに、いざ江戸見参の道中へ！	206100-2
あ-59-5	一　路（下）	浅田次郎	蒔坂左京大夫一行の前に、中山道の難所、御家乗っ取りの企てなど難題が降りかかる。果たして、行列は期日通りに江戸へ到着できるのか――。〈解説〉檀　ふみ	206101-9
あ-59-7	新装版　お腹召しませ	浅田次郎	幕末期、変革の波に翻弄される武士の悲哀を描く傑作時代短編集。書き下ろしエッセイを特別収録。司馬遼太郎賞・中央公論文芸賞受賞作。〈解説〉橋本五郎	206916-9
あ-59-8	新装版　五郎治殿御始末	浅田次郎	武士という職業が消えた明治維新期、行き場を失った老武士が下した、己の身の始末とは。表題作ほか全六篇に書き下ろしエッセイを収録。〈解説〉磯田道史	207054-7
う-28-8	新装版　御免状始末　闕所物奉行　裏帳合㈠	上田秀人	遊郭打ち壊し事件を発端に水戸藩の思惑と幕府の陰謀が渦巻く中を、著者史上最もダークな主人公・榊扇太郎が剣を振るい、謎を解く！　待望の新装版。	206438-6
う-28-9	新装版　蛮社始末　闕所物奉行　裏帳合㈡	上田秀人	榊扇太郎は闕所となった蘭方医、高野長英の屋敷から、倒幕計画を示す書付を発見する。鳥居耀蔵の陰謀と幕府の思惑の狭間で真相究明に乗り出すが……。	206461-4
う-28-10	新装版　赤猫始末　闕所物奉行　裏帳合㈢	上田秀人	武家屋敷連続焼失事件を検分した扇太郎は改易された出火元の隠し財産に驚愕。闕所の処分に大目付が介入、大御所死後を見据えた権力争いに巻き込まれる。	206486-7

う-28-11
新装版 旗本始末 闕所物奉行 裏帳合(四)　上田秀人
失踪した旗本の行方を追う扇太郎は借金の形に娘を売る旗本が増えていることを知る。人身売買禁止を逆手にとり吉原乗っ取りを企む勢力との戦いが始まる。
206491-1

う-28-12
新装版 娘始末 闕所物奉行 裏帳合(五)　上田秀人
借金の形に売られた旗本の娘が自害。扇太郎の預かりの身となった元遊女の朱鷺にも魔の手がのびる。江戸闇社会の掌握を狙う一太郎との対決も山場に！
206509-3

う-28-13
新装版 奉行始末 闕所物奉行 裏帳合(六)　上田秀人
岡場所から一斉に火の手があがった。政権返り咲きを図る家斉派と江戸の闇の支配を企む一太郎が勝負に出たのだ。血みどろの最終決戦のゆくえは⁉
206561-1

う-28-14
維新始末　上田秀人
あの大人気シリーズが帰ってきた！ 天保の改革から二十年、闕所物奉行を辞した扇太郎が見た幕末の闇。過去最大の激闘、その勝敗の行方は⁉
206608-3

き-17-14
道誉なり(上) 新装版　北方謙三
毀すこと、それがばさら——。後醍醐帝との暗闘、実弟直義との対立で苦悩する将軍足利尊氏を常に支え南北朝動乱を勝ち抜いた、ばさら大名佐々木道誉とは。
207150-6

き-17-15
道誉なり(下) 新装版　北方謙三
足利尊氏・高師直派と尊氏の実弟直義派との抗争は一触即発の情勢に。熾烈極まる骨肉の争いに、将軍尊氏はなぜ佐々木道誉を欲したのか。〈解説〉大矢博子
207151-3

き-17-16
楠木正成(上) 新装版　北方謙三
乱世到来の情勢下、大志を胸に雌伏を続けた悪党・楠木正成は、倒幕の機熟するに及んで寡兵を率い強大な六波羅軍に戦いを挑む。北方「南北朝」の集大成。
207178-0

き-17-17
楠木正成(下) 新装版　北方謙三
巧みな用兵で大軍を翻弄。京を奪還し倒幕を果たした正成だが……。悲運の将の峻烈な生を迫力の筆致で描いた北方「南北朝」感涙の最終章。〈解説〉細谷正充
207179-7

各書目の下段の数字はISBNコードです。978－4－12が省略してあります。

す-25-33 **江戸の雷神** 鈴木英治
その勇猛さで「江戸の雷神」と呼ばれる火付盗賊改役の伊香雷蔵は、府内を騒がす辻斬り、押し込み、盗賊らを追うが……。痛快時代小説シリーズ開幕！
206658-8

す-25-35 **江戸の雷神 敵意** 鈴木英治
不首尾に終わった捕物の責を負わされ、火付盗賊改役を罷免された雷蔵。元盗賊「匠小僧」や訳ありの剣の達人・六右衛門らと動き出したが……。書き下ろし。
207140-7

す-25-34 **幕末 暗殺！** 鈴木英治／早見俊／秋山香乃／神家正成／新美健／誉田龍一／谷津矢車
幕末の江戸や京で多くの命が闇に葬られた。暗殺——。彼らはなぜ殺されたのか。実力派によるオリジナル競作アンソロジー、待望の文庫化！〈解説〉末國善己
207004-2

さ-86-2 **うぽっぽ同心十手綴り 恋文ながし** 坂岡真
野心はないが、矜持はある。悪を許さぬ臨時廻り同心、長尾勘兵衛の粋な裁きが胸を打つ。傑作捕物帳シリーズ第二弾！
207283-1

さ-86-3 **うぽっぽ同心十手綴り 女殺し坂** 坂岡真
十手持ちには越えてはならぬ一線があり、覚悟を決めねばならぬ瞬間がある。正義を貫くため、長尾勘兵衛は巨悪に立ち向かう。傑作捕物帳シリーズ第三弾！
207297-8

さ-86-4 **うぽっぽ同心終活指南(一)** 坂岡真
臨時廻りの勘兵衛は、還暦の今も〝うぽっぽ〟と呼ばれながら江戸市中を歩きまわっていた。傑作捕物帳シリーズ新章、待望の書き下ろし。〈解説〉細谷正充
207305-0

さ-86-5 **うぽっぽ同心十手綴り 凍《い》て雲《ぐも》** 坂岡真
「正義を貫くってのは難しいことよのう」生きざまに筋を通すため、この一件、決着をつけねばならぬ——。大好評、傑作捕物帳シリーズ第四弾！
207430-9

さ-86-6 **うぽっぽ同心十手綴り 藪雨** 坂岡真
女だけで芝居を打つ一座に大惨事が……。たかが〝うぽっぽ〟と侮るなかれ、怒らせたら手が付けられぬ鬼と化す——。大波乱の傑作捕物帳シリーズ第五弾！
207439-2